奇諾の旅 IX

——the Beautiful World——

時雨沢 惠一
KEIICHI SIGSAWA

插畫●黑星紅白
ILLUSTRATION KOUHAKU KUROBOSHI

這是發生在某個國家的故事。

奇諾跟漢密斯在餐廳與鄰座的男子聊了起來。

男子詢問奇諾在旅途中發生的事情，她便據實回答。

結果男子用略微憤怒的語氣說道：

「這麼說妳只是到處流浪而已？妳這樣就不對了，那根本不是真正的旅行喲——不像話，真是太不像話了。」

奇諾則一面喝茶一面說：「這樣啊，我明白你的意思。」然後問：「對了，那你的旅行又是如何呢？」

結果男子用略微憤怒的語氣說道：

「這麼說你只是到處流浪尋找定居的地方？你這樣就不對了，那根本不是真正的旅行喲——不像話，真是太不像話了。」

西茲則一面喝茶一面說：「這樣啊，我明白你的意思。」然後問：「對了，那你的旅行又是如何呢？」

被反問的男子則一律給予相同的答覆：

「還沒呢，我才在準備要開始我的旅行。」

CONTENTS

◎西茲

出身某國家的名
（請參閱第Ⅰ集第
四處流浪，找尋
個會使用日本刀

◎陸

西茲的僕人，會說人話的大白狗。牠是在什麼地方、怎麼跟西茲認識的，至今仍舊沒有答案。是一隻就算主人偶爾出現迷惘的情況也絕不會棄他於不顧的忠犬。

◎蒂（蒂法娜）

某國家的百姓（請參閱第Ⅷ集的尾聲），因為某些原因而跟西茲他們一起行動的白髮女孩。雖然她平時都不說話，但並非她無法說話。而且她似乎很喜歡手榴彈。

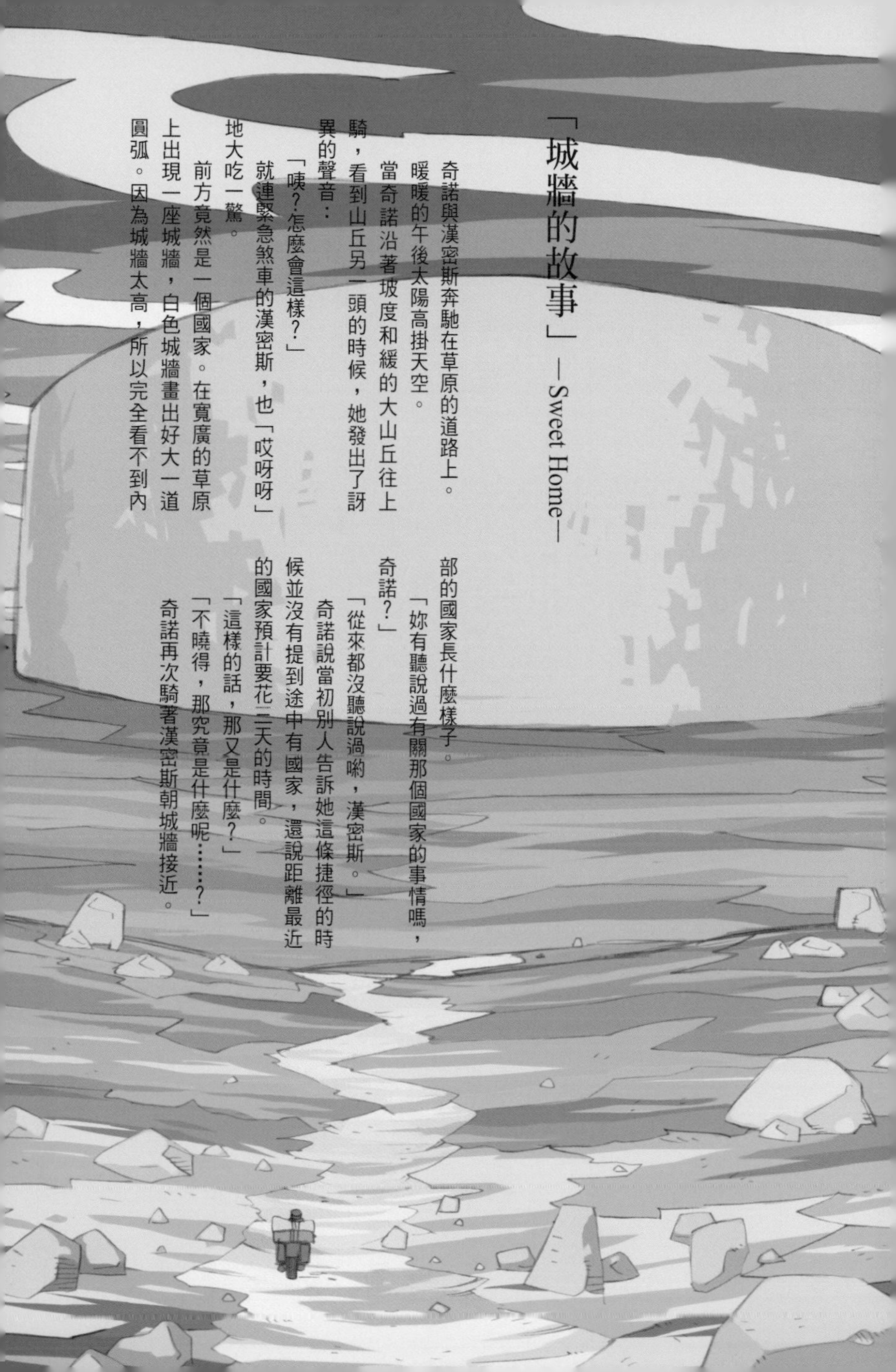

「城牆的故事」—Sweet Home—

奇諾與漢密斯奔馳在草原的道路上。

暖暖的午後太陽高掛天空。

當奇諾沿著坡度和緩的大山丘往上騎，看到山丘另一頭的時候，她發出了訝異的聲音：

「咦？怎麼會這樣？」

就連緊急煞車的漢密斯，也「哎呀呀」地大吃一驚。

前方竟然是一個國家。在寬廣的草原上出現一座城牆，白色城牆畫出好大一道圓弧。因為城牆太高，所以完全看不到內部的國家長什麼樣子。

「妳有聽說過有關那個國家的事情嗎，奇諾？」

「從來都沒聽說過喲，漢密斯。」

奇諾說當初別人告訴她這條捷徑的時候並沒有提到途中有國家，還說距離最近的國家預計要花三天的時間。

「這樣的話，那又是什麼？」

「不曉得，那究竟是什麼呢……？」

奇諾再次騎著漢密斯朝城牆接近。

那是一道很高很高很高的城牆。

大約有普通城牆的三倍高。靠近它往上仰望，根本看不到頂端。

站在聳立的城牆前，奇諾歪著頭思考。這道平坦的白色城牆左右都沒有城門。

「城門到底在哪裡呢？」

「也只有找找看了。」

奇諾再次發動漢密斯。她一面看著左側的城牆，一面沿著它行駛。

她們往前走。

再往前走。

走了又走，就是找不到城門。只見白色城牆一直從眼簾往後移動。

「奇諾，會不會往右走就馬上到了呢？」

奇諾回答：「或許吧」。但是奇諾還是繼續往前走。

「奇諾妳停一下。」

漢密斯說道。奇諾連忙緊急剎車。

原來停下來的漢密斯輪胎旁邊有一只掉在路上的鞋子。

那是一隻小紅鞋。

而且是右腳那隻，就掉在泥土上面。

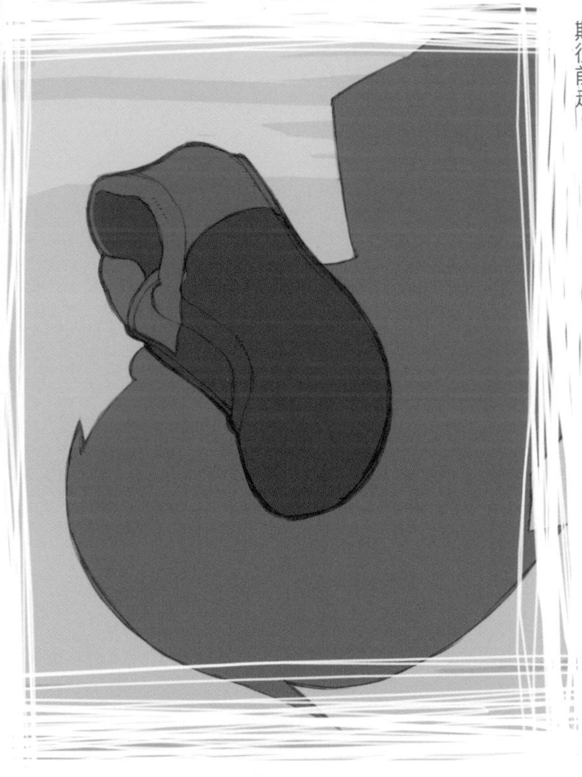

那隻鞋子既沒有髒污又乾淨。

「是鞋子耶，怎麼會在這裡呢？」

「是鞋子沒錯，這是怎麼回事呢？」

奇諾跟漢密斯互相詢問，但沒有歸納出答案。

於是奇諾便留下那隻小紅鞋繼續騎著漢密斯往前走。

「找不到耶，奇諾。」
「這是怎麼回事呢，漢密斯？」
她們不斷前進，就是找不到入口。
就在這個時候。
「啊！」
喀！
「好痛！」
奇諾嚇了一跳，一個清脆的聲音響起，漢密斯叫了一下。
原來是一顆小石子從上面掉下來。它掠過奇諾的鼻尖再打到漢密斯的輪胎，最後彈到地面。
奇諾把漢密斯停下來之後回頭看，然後抬頭往上看。
她一直看。
但是只看見高聳的城牆。
只有高高城牆而已。

奇諾跟漢密斯又交談起來。

「我們跑了快一圈了吧?」

「應該就快一圈了。」

不過她們還是繼續往前行。

但仍舊看不到城門。看不到城門。看不到城門。

仍舊沒有看到城門。

這時候奇諾把漢密斯停在泥土上殘留了輪胎痕跡的地方。那是剛剛漢密斯留下的輪胎痕跡。

眼看太陽已經西下，開始進入黃昏時刻了。

「繞一圈了。」

「繞一圈了。」

就在奇諾跟漢密斯喃喃自語的時候。

她們聽到微弱、細小、只有一點點——似乎很開心的笑聲。好幾個人很開心、真的很開心的笑聲。

「聽到了嗎?」

「聽到了。」

「現在呢?」

「沒有了。」

奇諾跟漢密斯在那兒稍微停留了一會兒，

可是——

她們再也沒有聽到任何聲音。

聲音再也沒有發出來。

於是奇諾跟漢密斯背著高高的城牆往前行。

大概越過兩個小山丘之後，奇諾再次回頭看。染上紅色夕陽的城牆還是靜靜地聳立著。

戴著防風眼鏡的奇諾凝視一陣子之後，又不發一語地繼續前進。

她的防風眼鏡也被夕陽染成紅色。

奇諾與漢密斯繼續奔馳在草原的道路上。

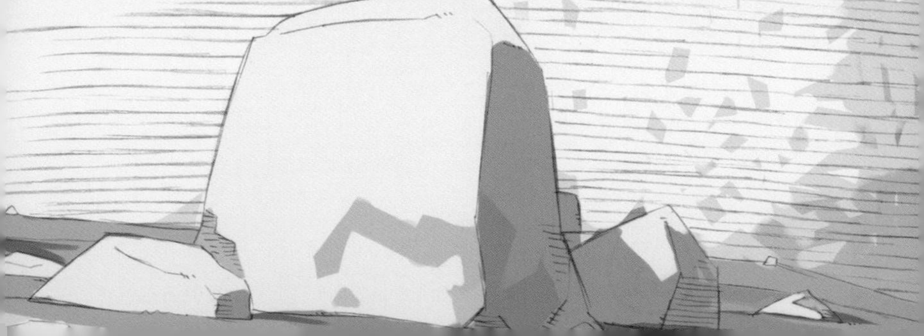

屬於你的那份悲傷 終將與你合而為一
—Do You Love You？—

序幕

「在悲傷之中・b」

—Yearning・b—

序幕「在悲傷之中．b」

—Yearning．b—

結果男子死了。

在各巷弄交會處的小廣場角落，石板地被流出的鮮血慢慢染紅，趴在地上的男子已經不再動彈。

鮮血冒出的微薄熱氣，在即將降雪的陰沉天空下，沒多久就消失於寒冷空氣中。

「…………」

身著大衣、將衣領豎起的奇諾，混在圍觀的群眾裡，遠遠地看這幅景象。

不久人群中開出一條通道，走來了兩名可能是男子的熟人——年輕女子跟老婦人，緊緊抱著男子。

兩人不斷搖動男子的身體並呼喊他的名字，直到最後證實他已經死亡之後，便放聲大哭。

這時候，雖然沒有人發聲，但圍觀的群眾紛紛摘下厚厚的禦寒帽，貼在胸前閉上眼睛。

「這是多麼令人悲傷的事啊。各位，讓我們一起為他祈禱冥福吧……」

「…………」

奇諾默默看著眾人舉行安魂儀式。

「旅行者妳看——這裡算是『悲傷之國』對吧？」

站在旁邊的某個國民發聲問道。

「是啊，非常傷感。」

奇諾答道。

「在悲傷之中・b」
—Yearning・b—

第一話
「記錄之國」
—*His Record*—

第一話「記錄之國」

—His Record—

春天的草原萬紫千紅。

數種花卉一起綻放，彷彿天上的彩虹鋪在大地，呈現出色彩繽紛的樣子。白天溫和的陽光照著花圃，一直延伸到地平線那一端。有些地方同色的花朵群生在一塊兒，大大主張其顏色。有些地方則混雜各種顏色的花朵，創造出另一種風貌。

這時候有輛摩托車（註：兩輪的車子，尤其是指不在天空飛行的交通工具。）正慢慢奔馳在一條劃開花圃的道路上。排氣管的聲音並不大，就這樣悠哉地跑在濕潤的深棕色路面。

那是一輛載了許多行李的摩托車。後座兩旁各裝了一個箱子，上面的載貨架放著旅行袋。

機車騎士身穿棕色大衣，還特地把衣領敞開好讓暖風吹進去，並把過長的下襬捲在大腿上。至於頭上則戴著附有帽沿與耳罩的帽子，以及斑駁不堪的銀框防風眼鏡。年齡大約十五、六歲，留著一頭黑色短髮，表情顯得炯炯有神。

騎士一面騎著摩托車——

「好漂亮的地方哦，真的。」

一面用開心的語氣說出心中的感想。

「我也這麼覺得，這地方真不錯。」

摩托車答道。

「春天真好，雖然早晚還很涼，不過像這樣整天騎車也不會被冷風吹得直打哆嗦，那種手指頭凍僵的感覺真的很痛苦。像這樣氣候暖烘烘的，就能夠心無罣礙地一直騎車。」

「這樣啊——對了奇諾，這是妳迎接的第幾個春天？第十五個？第三十個？還是第三百個？」

被喚做奇諾的騎士邊笑邊答：

「有經過那麼多次嗎？我都忘了，漢密斯你呢？」

「不記得了。」

被喚做漢密斯的摩托車戲謔地回答。奇諾露出理解地表情說：

「我想也是。」

「嗯?為什麼?」

「因為漢密斯——啊,看到了!」

在前方的地平線下方之處,一座暗灰色的城牆正從花圃的中央慢慢探出頭來。隨著她們慢慢靠近,不久便看到圍住那國家的城牆全景。

「那麼,就來看看那是不是與如此美麗景觀匹配的國家?是不是個好國家?」

「奇諾所謂的『好國家』指的是?」

對改變話題毫不在意的漢密斯如此問道,奇諾立刻回答:

「就是食物既可口又便宜,附有淋浴間的旅館很平價——最好是兩者都不用錢。」

「這就是妳的最終目的?」

「那漢密斯呢?」

「燃料、零件、維修費用都便宜。或者全部都免費!」

「我就知道——但是不可能有那麼好康的國家啦……只希望不是用『低價吸引客人再索取高價』。」

「沒錯,而且祈求有技術不錯的技師。」

「好了,這會是什麼樣的國家呢?」

「真讓人拭目以待。」

漢密斯說道，奇諾點點頭。

「的確很拭目以待。」

接著便用力踩下油門。

「——餐點多少錢？我們不會向旅行者收費的，況且這國家的基本糧食是採配給制呢。」

「——燃料費？全都是採配給的方式喲，要是收錢的話會被上級罵的。」

「——維修摩托車的費用？怎麼可能有那種費用？在這個技術精進的國家，基本維修就像換電燈泡那麼簡單呢。」

「——在這裡的住宿費？旅行者算是我國的貴客，所以怎麼能收錢呢？請妳們安心住下來吧。而且別說是三天，就算一兩個月都沒問題！」

「——旅行用品的補充？需要什麼東西請儘管拿，不用客氣。」

入境第二天的傍晚。

「真是個好地方！」

「真是個好地方！」

奇諾跟漢密斯在位於國家中央的公園如此說道。

用橡皮筋綑在漢密斯的載貨架上的箱子則裝了奇諾免費拿到的物品。分別是裝有攜帶糧食的箱子、說服者（註：指槍械。）的子彈與液體火藥及裝了全新的汗衫跟內衣褲的袋子。

身穿黑色夾克的奇諾坐在漢密斯旁邊的長板凳上。右腰掛著左輪式的掌中說服者。寬廣的公園放眼望去是鮮綠的草坪跟類似城牆外的花圃。

「奇諾，不是有所謂『天國』的地方嗎？簡直就是在形容這裡。」

「那麼生活在這裡的人們就是天國的子民囉……不過也沒錯，大家都露出真心享受自我人生的開朗表情呢……我還是頭一次造訪這樣的國家呢。」

「這地方很不錯呢。」

「是啊，不過話說回來——」

「怎樣？」

「這兒的人死掉之後又該何去何從呢？」

聽到奇諾提的問題，漢密斯冷冷地回答：

「這就不曉得了。不過奇諾，妳真的相信有天國的存在嗎？」

「…………」

奇諾沉默不語。這時候暖風吹動奇諾的頭髮，在溫暖的空氣中……

「隨便啦！」

「說的也是。」

過了一陣子。

「在剛剛的餐廳我仔細問過裡面的人，為什麼這個國家會如此盛大招待外來的訪客——」

奇諾開口說道。

「嗯。」

「他說因為這國家很富庶。五穀及魚肉也豐富，因此不曾讓國民餓過肚子。技術、醫療也進步，因此為人們創造了幸福生活。而且還嚴密調節人口不過度膨脹，據說已經持續好幾百年這麼富饒又和平的生活呢。」

奇諾靠著椅背望著天空，然後用略帶羨慕及嚮往的語氣說：

「想不到這世上真的有天國呢。」

「就是說啊……」

奇諾說著說著便閉上眼睛不再說話，但她身旁的漢密斯卻在這時候用誇張的語氣說：

「『如此一來，原本懶散又游手好閒的奇諾就再也離不開這個安逸的國家。而奇諾之旅也從此劃下句點。真是可喜可賀——』。」

奇諾張開眼睛低著頭說：

「你別隨便決定啦，漢密斯。我還不打算結束我的旅行呢。」

「可是奇諾，待在這裡的話，到死都不用擔心吃穿喲！」

聽到漢密斯這麼說，奇諾一臉正經地喃喃說道：

「的確是沒錯……到時候我就把再也派不上用場的漢密斯賣掉，再用那些錢租一間小房子住好了……」

「『——原以為會是那樣，但是奇諾並不會停止她的旅行。待續！』」

「記錄之國」
—His Record—

隔天，也就是入境的第三天早上。奇諾依舊隨著黎明起床。

朝陽從旅館的大窗照進來，奇諾一面沐浴著陽光，一面進行她稱之為「卡農」的左輪手槍的拔槍訓練。結束後便開始細心保養，重新裝上子彈，再放回槍袋。

奇諾依依不捨地花很多時間沖澡，然後吃光送進屋裡的一大堆早餐。

她一度把行李全攤在房裡的絨毯上，詳細確認其數量與狀態。至於老舊的汗衫跟內衣褲，她向它們道完謝就小心摺疊好，再也沒有放進包包裡。

然後把包包堆在漢密斯上面綁緊固定住。

「那麼……」

奇諾悄悄做好決定，然後大大吸了口氣。

接著——

「起床了——！」

她一面大叫，一面用雙拳咚咚咚咚咚地敲打漢密斯的被單。

她用力敲。

再敲。

又再敲。

「還不出境嗎？不是已經第三天了？」
「等到最後一秒再出境吧。」
「差別待遇。」
「而且這兒又有如天國。」
「差別待遇。」
身穿夾克的奇諾跟滿載行李的漢密斯，待在昨天去過的公園裡。在晴空下，石板地並排擺上桌椅後，就成了現成的露天咖啡座。在午餐時間以後，人群變得稀稀疏疏。奇諾坐在一排桌子的最旁邊，桌上擺著茶壺與茶杯，以及吃完甜點的盤子。漢密斯則停放在她的正對面。
這時候年輕的服務生推著塑膠輪的餐車靠近，並詢問要不要再續壺。
「奇諾妳不出發嗎？」
「再喝一杯茶就出發。」

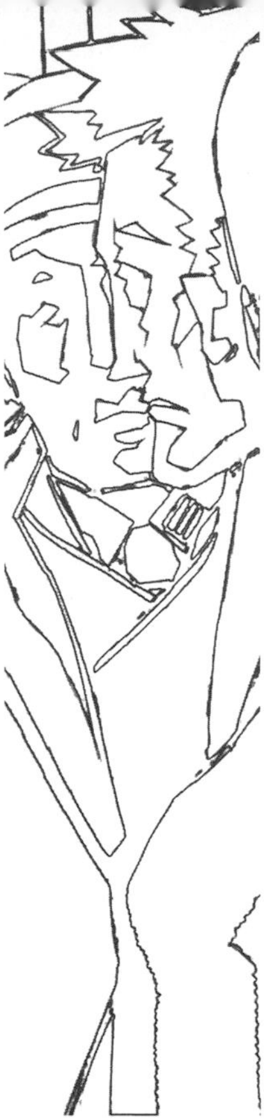

奇諾請服務生再續壺，他便立刻換上一壺新的茶。奇諾倒出茶水之後，只見熱氣與茶香四溢。

「真是的，我看妳乾脆留下來當這國家的小孩算了！」

就在漢密斯目瞪口呆地說出這句話的時候，右邊那桌坐著一名男子。外表看起來約莫四十幾歲，體型消瘦。穿著既不像制服也不像工作服的寬鬆長褲與長袖襯衫。

「…………」

奇諾看著那名男子。男子消瘦的臉頰及佈滿魚尾紋的眼角露出非常疲憊的表情。

男子看了一眼奇諾跟漢密斯。正當他想開口說話的時候，服務生恰巧走過來，於是他點了茶。

服務生離開之後。

「你好。」

奇諾對他打招呼。

「妳好，今天天氣真好——妳是旅行者嗎，真令人羨慕。」

男子輕描淡寫地回答，沒有露出一絲厭惡的表情。

「我叫奇諾，這是我的伙伴漢密斯。我們從前天就在這個國家停留。今天準備要出境，這裡真是個不錯的國家呢。」

奇諾說完，男子啜了兩口茶，然後回答「應該吧」。但是他的表情沒有任何改變。

「除了我以外，這國家的確是個好地方——沒錯，這兒的確是非常好的國家喲——一點也沒錯。」

「你說『除了你以外』是嗎？」

男子點點頭。

「這話的意思是？」

漢密斯問道。男子繼續用剛才的表情跟語氣回答。

「我從沒告訴其他人這件事。不過既然妳們今天要出境，那說出來倒是無所謂。」

接著他停頓了一下——

「其實我——並不會死喲。」

蔚藍的天空，綠意盎然的草坪，盛開的花草。

兩人眺望這幅景象，並坐在最旁邊的咖啡座交談著。

「你說你『不會死』？」

「是的——我並不會死。」
「你是說你已經活了很多年嗎？」
「不是的——我不是那個意思。現在這個我只活二十八年而已喲。」
「…………那麼，你是指？」
在回答奇諾的問題以前，男子一口氣飲盡杯子裡的茶水。
「應該是我的記憶延續——我的記憶一直延續沒有中斷。」
「什麼意思啊？」
漢密斯問道。
「我擁有過去的記憶——我有出生前的記憶——有之前生為別人時的記憶——還有那之前的記憶——也有再之前的記憶——然後再之前的——甚至再之前的。光是我記得的就有五個人的記憶。換句話說，我的生命就是從以前一直延續到現在。」
「那個……不好意思，你確定嗎？會不會是你搞錯了？或純屬你個人的想像？」
奇諾看著男子問道。男子眼睛看著前方回答：
「四個世代前——當時還二十歲的我，也曾經因為自己腦裡有其他人生的記憶，覺得是自己的錯覺或其中有什麼誤會。為了搞清楚這件事，於是開始著手調查。結果，發現到記錄。」

「…………」

「我──的確存在過。五歲的我感覺自己曾是死於一場意外的男人。由於那個男人的妻子還活在世上，所以我去找她──我記得很清楚喲。照理說我不可能知道他妻子的興趣、口頭禪等等，但是我卻都說中，這讓我覺得很不舒服──過去的我非常愛她，但是她卻叫我不准再去找她。雖然那是將近一百年前的事，但是我到現在還記憶猶新──至於再上一個世代的記憶，我倒是有些模糊。」

「後來呢？」

「後來我──繼續過完那個人生。我記得我後來結婚，到了五十歲左右生病去世。接下來又以另一個男人的身分──我還是在五歲時回想起來的。我曾跟父母親說自己記得許多事情，但是他們都不理我。到後來惹火他們，還警告我不准再那麼說。我那段人生的父母──除此之外，還真的很溫柔呢。」

「後來呢？」

「那次的人生最後也結束了。我記得是在三十歲的時候溺死在湖裡的。接下來我又變成另一個男人，並且結婚生子。這次我比較長壽，所以還有了孫子。接下來的人生是目前這個身分的前一段。然後就是現在這個我——」

「…………」「…………」

「我不會強迫妳們相信的。」

「雖然我不曉得那種事情是否可能存在，但是我也不知道你有什麼理由要對我們說謊。」

「旅行者妳真有趣。」

男子說道，卻沒有露出笑容。然後——

「其實我也好久沒遇到旅行者了呢——」

「嗯?之前你曾遇過什麼樣的旅行者?」

聽到漢密斯的詢問，男子面無表情地沉思一會兒。

「之前遇到旅行者的，忘了是哪一個我，想不太起來，不過……曾經有一對男女駕駛一輛又小又破爛的黃色車子來這裡。雖說是見過面——不過當時我還只是個小孩子，而且下車的那名女子也只是找我問路而已。那名女子還很有禮貌地向我道謝。她是一名留著黑色長髮的女子。對了，那名女旅行者的腰際也佩帶跟妳腰際那把很像的左輪手槍。不對，根本就是一模一樣的樣式。我對槍頗有鑑識能力，因此還非常記得它的樣式。」

「……那些人在這國家做了些什麼？」

「喔喔，後來那兩個人——因為知道這裡所有的東西都不用錢，所以拚命吃拚命吃，讓人不禁懷疑他們是否會吃撐肚皮。而且深怕車子的輪胎隨時會壞掉，於是拿了各式各樣的零件，當時這件事還上過報呢。他們的貪婪行為還蔚為話題好一陣子呢。我也覺得那兩個人就是那樣的人呢。」

「…………」

奇諾沉默不語。

「我們再把話題拉回來，如果你說的那個『不會死』的事情屬實，那不就很酷？」

漢密斯問道。

「那也只限於過去喲——我曾經非常自負，覺得自己該不會比較特別，是個仙人吧。不過現在能夠一直活在這個生活便利的國家，我想應該是一件非常棒的事情。」

「是嗎？」

「是的。人就算活了一輩子也記住各式各樣的人，但是到了下一段人生卻沒有半個人知道我是

誰。這時候一切又得重頭來過。然後再重新來過一次，就這樣週而復始下去。大概到了前兩世，我開始感到厭煩，我膩了，已經到達飽和了吧，我覺得很累——」

男子看也不看茶杯就抓起茶壺往裡面倒。而且在沒有看茶杯的情況下，穩穩倒了八分滿之後才把茶壺放下。

「我受夠了。現在我什麼也不想做，一直過著漫長無趣的生活。只要一擁有新的記憶——不管那記憶是好是壞，都讓我覺得很厭煩，而且沉重。」

「會很沉重嗎……」

「很沉重喲。簡直就像遭到記憶的襲擊。如同被人包圍、慘遭亂棍齊下的感覺——可是，我猜就算是自殺也不會有什麼改變吧。我也厭倦痛苦的回憶，畢竟它還是會殘留下來。現在我已經到了什麼也不做，只做最低限度的工作來耗掉每天的時間——每天重複同樣的行為，不讓自己創造任何特別的想法——我的前世就是在人生的途中「思考」這種事情來渡過餘生喲。雖然很想停止這樣的人生，但就是停不下來。那感覺就像在圓圈圈裡不停跑著的白老鼠——我好幾次有過這樣的想法，這該不會就是所謂的地獄呢？還想過倒不如乾脆發瘋還來得輕鬆呢。可是我好害怕。我怕發狂的記憶是不是又會留下來。我說什麼——也不想重複那種事情。」

「…………」

「所以我不製造回憶。每天過著一樣的生活，然後把每天的事情忘掉。每天努力做『忘記』這件事。」

「咦──那今天遇到我們，對你來說不就糟糕了？」

聽到漢密斯毫不客氣的詢問，於是男子一口氣把茶喝光。接著他搖搖晃晃地站起來，然後慢慢轉頭並往下看著奇諾跟漢密斯說：

「妳是誰啊？」

這時候眼神明亮的男子說完這句話便姍然離去。

「看來天國的好處可是因人而異呢。」

男子消失之後，漢密斯脫口說道。然後──

「『師父的故事』竟然是真的，真是太意外了。」

「…………」

奇諾繼續保持沉默地喝茶。

「旅行者，剛剛那名男子有對妳說些什麼嗎？」

前來收拾男子餐具的服務生擔心地問她。

「我們覺得這個國家是個好地方，但是那個人並不這麼認為。」

奇諾如此說道，服務生露出稍微安心的表情。

「雖然我不太想說出來，不過他常常都會在這個時間坐在那個位置，而且會變得有點不對勁喲——既然沒有害妳們留下不好的印象就好。」

「他是個什麼樣的人啊？」

漢密斯問道。

「不曉得。他幾乎很少跟別人說話，所以我也不太清楚。」

服務生聳聳肩。然後——

「當我發現他竟然主動跟妳們說話，真是大吃一驚喲。看來這件事會讓我印象深刻一陣子呢。」

「這些是今天的晚餐。」

「果然是有其師必有其徒呢。」

「記錄之國」
—His Record—

接近傍晚的時候，奇諾把離開前免費拿到的大布袋掛在漢密斯的龍頭兩側來到城門前。裡面裝的是她在肉店拿的肉排、水果店拿的水果。

「下次再來這個國家的時候，我再幫你加一輛邊車吧。」

「拜託不要。」

向目送他們離開的入境審查官道謝之後，奇諾便推著漢密斯穿過城門。正當她們走過像隧道的城門，往繁花綻放的國境外踏出第一步的時候。

「旅行者！」

有人大聲叫住她們。奇諾回頭一看，有六個男人正往她們走來。雖然年齡層各有不同，但身上都穿著白袍。

「不好意思，我們有些話想跟妳說。不會耽誤妳太多時間的。」

說這句話的是其中看來最年長的五十出頭男子。

奇諾用支架把漢密斯撐起來。男人們站在奇諾面前對她輕輕打聲招呼之後，剛剛說話的那名男子接著說：

「白天妳們在中央公園的咖啡座，是不是有一名男子對妳們說了些什麼？」

「是的。」「嗯。」

「我就開門見山地說吧。我們是這國家的醫生，那名男子則是我們要保護的對象。因此想請不是當地人的旅行者告訴我們，他到底說了些什麼。」

「…………」

奇諾思考了一下下，然後回答：

「呃——那個人講了一些跟他切身有關的奇怪事情——說他擁有過去每個時期身為其他人時的記憶，也就是自己並不會死。」

聽到奇諾的話，那群身著白袍的男子明顯露出驚愕的表情。其中一人還很專心地拿筆在厚厚的檔案夾上抄寫著。

「那、那個時候——他是什麼樣子？他是輕描淡寫地說這些話嗎？還是帶有憤憤不平的感覺呢？」

「應該是輕描淡寫吧。」

「那他有出現顯著的冒汗或結巴的現象嗎？」

「完全沒有。」

漢密斯答道。奇諾也轉過頭說：

「雖然內容很出人意表，不過我一點都不覺得他在說謊。」

「這樣子啊……」

然後男子們互相小聲交談，時而點頭時而搖頭。

漢密斯小聲地對奇諾說：

「妳覺得他們在說什麼？」

「我也想知道他們的談話內容……不過應該是不會告訴我們吧。」

「那就不好玩了。」

嗯，是不好玩。奇諾回答。思考一會兒之後喃喃地說：

「那就用什麼策略套他們的話吧……」

「喔，贊成。反正妳本來就很壞心眼。」

「我只是希望他們能告訴我們實情。」

然後奇諾對持續討論的男子們開口：

「對了——」

那群幾乎忘記奇諾她們存在的白袍男子回過頭來，那名五十出頭的男子說：

「啊～對不起。耽誤到妳們這麼多時間——非常謝謝妳的幫忙，妳的話很有參考價值。」

「我有一個疑問……」

「什麼疑問，請說。」

「這國家住起來非常方便，害我們都有點捨不得離開呢。」

奇諾說完，漢密斯也跟著「對對對」地表示贊同。

「很高興聽到妳們這麼說。」

接著奇諾像連珠砲地詢問綻顏而笑的男子們：

「可是這麼棒的國家為什麼會出現像他那種精神方面明顯生病的人呢？這讓我覺得很不可思議。是不是我該抱持每個國家都不可能十全十美這種觀念呢？」

這時候男子們臉上的笑容都僵住。

「沒錯沒錯，這其中一定有什麼不對勁。大叔們應該都是精神科醫師吧？為什麼那個人會變成那樣呢？我看應該是環境的關係吧。」

漢密斯話一說完，年輕的男子便明顯露出心情受損的樣子。年長的男子則把手搭在男子的肩上加以安撫。

「旅行者，這其中有很大的誤會。想必妳們應該見識到我國的美好之處。」

「是的，這裡真的很棒。因此我才會對那個男人的精神怎麼會失常，這種事怎麼會發生在這樣的國家感到很有興趣。身為醫生的各位可能覺得這不是什麼好事，但是方便的話可否告訴我呢？」

奇諾直接提出要求。

「啊，可是奇諾，要是他們就是不知道原因正在調查，不就無法回答妳？」

漢密斯更是毫無禮貌地直說。

這時候怒氣就快爆發的年輕男子退到後面，而五十出頭的男子則走到奇諾跟漢密斯面前，他用略為嚴肅的表情像機關槍般滔滔不絕地說：

「若有其他國家在不知道真相的情況下，流傳著破壞我國名譽的謠言的話，我們很遺憾。我更堅

信我國沒有任何人罹患心理疾病。」
「那我明白。可是我們真的很訝異會在現實生活中遇到說那種事的人，而那個人又是各位醫生的患者……」
五十出頭的男子用力點頭說：
「好吧。事到如今再不解釋清楚的話，可能會讓妳們有任何誤會。我可以告訴妳們真相。」
他這番話，讓身後那群男子相當震驚，他舉起一隻手制止他們。
「但是，從今以後妳們就不得再進入這個國家，可以嗎？」
奇諾煩惱了許久，在漢密斯的催促下便答應不再入境這個條件。
「好吧，那我就把所有事情告訴妳們。」
五十出頭的男子說道。
至於其他穿白袍的男子則一語不發地站在後面看著他們。此時太陽西下，陽光照進城門裡，把那群男人身上的白袍染成淺橘色。
「那男子說的話全都是真的。」
「…………」

奇諾沉默不語。

「這話是什麼意思？」

漢密斯則是大吃一驚。

「他擁有超越世代的記憶。這些不僅是真的，也是事實。並不是他個人的想像或妄想。然後——這樣妳們應該明白了吧？」

「換句話說，你們醫生在進行那個……」

「沒錯。過去我們歷代祖先曾經成功完成將死後沒多久的人的記憶取出，然後移植到某人腦部的實驗。這是挑戰每個人曾經憧憬的永遠不死而創造出來的系統。」

「等一下。就算繼承記憶，也不改那個人已經死掉的事實吧？這不過是某個『他人』活在世上的時候，擁有一個人或者兩個人以上的相同記憶而已，這跟那個人壽命延長的『不死』完全不同吧？」

漢密斯問道。五十出頭的男子有點開心地肯定他的說法。

「一點也沒錯。那個人的確是死掉了。至於繼承記憶的人就會誤以為——『既然自己有過去的記憶，就等於自己能永遠活在世上』。」

「沒錯。」

「只是對別人來說，即使模樣改變也不會改變『有個人一直記得我的事情』這件事。這就是對他人來說的『某人能永遠活著』的系統。」

「原來如此……」

「原來如此啊。」

奇諾與漢密斯瞭解之後，奇諾又問：

「因此那個男人至少繼承了四次的記憶是吧？」

「沒錯。結果他的言行舉止並沒有任何異常。他的記憶不僅確實繼承，而且還在持續累積中。他是本國這項大型實驗的實驗對象。我們是利用隨機取樣——把生病、發生意外或壽終正寢的他人記憶移植到他身上的。」

「那麼接受記憶移植的人，算是活祭品？」

漢密斯問。

「不管你怎麼解釋都無所謂。反正大家都有心理準備會成為實驗對象，但是在嚴格的生產限制裡，也有父母親想賭賭看自己的孩子不會成為實驗對象。至於我們會等實驗對象去世的時候，從那些孩子裡挑選出五歲的小孩把記憶移植到他身上。」

「也就是說，運氣好的話『就不會被使用』，所以就能擁有超過規定的孩子人數對吧？」

漢密斯說道。五十出頭的男子堅定地點頭說：

「沒錯，而這個國家有許多那樣的人。」

「原來如此……請繼續說下去。」

「好的——雖然結論是『實驗還是會繼續進行下去』，但至少妳應該明白我們並不是會排斥精神疾病患者的國家。」

「這樣我就明白了，我撤回先前說的那些話。真是非常抱歉。」

「沒錯，對不起。」

五十出頭的男子聽到她們這麼說，不由得洋洋得意地用力點頭。

「順便請問一下，實驗的目的是什麼呢？」

「咦？喔喔。就是『人腦能夠承受多少世代的記憶之累積』喲。」

「要是實驗有了結果，也成功找出答案的話，你們將怎麼做？打算應用在所有人身上嗎？」

聽到漢密斯的詢問，五十出頭的男子用力搖頭說：

「不可能！我們不會那麼做喲！」

「咦？」「什麼？」

「雖然我們一直致力於這方面的開發，但我們早就擬出無論如何都不能使用這套系統的結論。『繼承記憶並創造適當的某人，這不是身為人類應該做的事』，我們也瞭解祖先做的判斷是正確的。而我們至今也這麼認為。這套系統一旦實用化，那這個國家就完蛋了。」

「可是實驗呢？」「可是實驗呢？」

奇諾跟漢密斯異口同聲說道。

「實驗將持續進行對吧？」

最後由奇諾代表發問。

「是的，會進行下去。為的是要完全證明『這套系統是錯誤的』。」

「…………」「…………」

「為了不讓這套系統再被使用，只要證明它有多危險就好。如此一來，就不會出現認為『這套系統很棒』的人吧。」

「這個嘛，話是沒錯啦……」

「這個實驗是從四十名實驗對象開始的。這項研究已經持續三個世代，也預測出人類的精神是否能承受記憶的累積，因為有三十九個人已經完全發瘋。」

「…………」「…………」

「現在他是最後一個人。如果他發瘋的話，就能百分之百證明這套系統的危險性，然後就會把它永遠封閉起來。因此我們將世世代代監視、調查他，並且持續幫他做記錄。直到他發瘋為止——」

在青白色月光下，不很明亮的花圃裡。

「今天烤熟一點吧。」

身穿黑色夾克的奇諾，把兩串用鐵棒串起來的肉排，擺在枯草聚集而成的火堆上。油脂滴到火堆的滾燙聲時有所聞。

「記錄之國」
—His Record—

奇諾專心地烤著肉，同時從小袋子抓鹽巴跟胡椒灑在上面。她還不忘從卸下來的包包拿出盤子跟刀叉。

「豐盛的肉排。接下來可能有一段時間沒機會吃呢——我要記住它的味道，不忘記。」

「妳還真是天生窮苦命耶——」

漢密斯訝異地說道。

「能夠忘記想忘的事情，以及記住想記的事情，可是很棒的事情喲。」

迅速翻轉肉串的奇諾說道。

把烤熟的肉放到盤子後，奇諾開始吃了起來。吃完以後便開始切水果，然後把甜點吃光光。

「好幸福哦。」

奇諾仰望著圓月喃喃說道。

「雖然發生了許多事情，但我真的很開心自己還有記憶——可能是因為我記得冬天有多寒冷，才會覺得現在很暖和吧。」

「我不太明白妳的話，」

漢密斯無趣地碎碎念。

「我看摩托車大概睡一晚就會把重要的事情忘得一乾二淨呢。」

又說了這樣的笑話。

至於仰望天空的奇諾——

「說的也是。不過，那是一定的啦。」

她看著漢密斯，還露出奇妙的表情。

「咦？怎麼說？」

「嗯。因為漢密斯——早上絕不會乖乖起床。虧我晚上一直叮嚀你：『明天要出發離境，早上要早點起來哦』。昨天晚上我可是千叮嚀萬叮嚀過你呢。」

奇諾回答了漢密斯的問題，他沉默了幾十秒之後說：

「有嗎？」

「記錄之國」
—His Record—

第二話
「善人們的黃昏」
—Innocence—

第二話「善人們的黃昏」

—Innocence—

這裡是荒涼的河灘。

放眼望去盡是泥土與亂石的荒蕪大地上，有一條大河流過。河川穿過大地，只留下足以供給綠色植物當做生長空間的河灘。如果從天空鳥瞰的話，所見的大概就是夾雜在棕色裡的綠色帶狀圖形吧。

河灘停放著一輛卡車，還有一輛又小又破爛的汽車。在開始西斜的夕陽照耀下，留下了長長的影子。

在那裡，車主們正圍著一堆營火。

首先是卡車車主，他是一名中年的肥胖商人，以及他的妻子。那兩個人的後面則站著四名腰際掛著掌中說服者（註：說服者是槍械。這裡是指手槍）的男保鏢。

坐在商人對面的是一名腰際繫有大口徑左輪手槍的黑髮妙齡女子，旁邊還坐著一名長相俊俏但身材略矮的男子。

營火上擺著鐵製烤肉架，上面正烤著又大又可口的肉塊。

商人開心地說：

「來來來，旅行者。相逢自是有緣，不要客氣儘管吃吧！」

商人的度量正如他外表給人的感覺那麼大。還說他順利完成一筆生意正準備回家，所以才會這麼大方。

黑髮女子旁邊的男子說：

「哎呀～看起來好像很好吃呢。」

然後稍微立起左手大姆指示意女子。

『怎麼樣？要襲擊他們搶點東西嗎？』

基本上就是代表那樣的暗號，而女子則稍微摸摸無名指指甲回應：

『畢竟他還有四名保鏢，今天就安分一點吧。』

男子點頭表示同意。然後兩人向商人道完謝之後就開始和樂融融地享受晚餐。

「善人們的黃昏」
—Innocence—

商人還拿裝有酒的陶壺過來請他們一起喝酒，結果兩人一面道謝一面拒絕。

「喔喔～看來旅行者幾乎不喝酒的傳聞是真的呢。想必帶著酒四處旅行是件辛苦的事吧。」

說著說著便自己開心地喝起酒來。

到了天色有點暗，晚餐也用了差不多的時候。

「其實我很羨慕自由自在的旅行呢，哇哈哈哈哈！」

商人已經有幾分醉意。臉變得紅咚咚的他，講起話來也相當大聲。至於他妻子跟保鏢似乎對這個景象相當習以為常。

「可是妳這個年紀會出來外面四處旅行，應該另有原因吧？妳該不會是××××吧？」

商人對黑髮女子說了那些話，撇開被針對的本人不說，倒是她隔壁的男子的臉一直在抽搐。

「哎呀～其實××××並不壞！但因為××××是××××的關係！」

女子從頭到尾都只是酷酷地回答「是的」或「差不多啦」。

「師父……忍著點吧。」

輕聲說話的男子卻緊張得不得了，深怕女子的憤怒不曉得會在什麼時候爆發。

但是已經爛醉的商人卻沒想那麼多，依舊咕嚕咕嚕地喝他的酒。

「哇哈哈哈哈！哎呀～×××××！原來是×××××啊！了不起！話說回來，×××××是×××××嗎？」

商人的聲音幾乎大到連遠處的國家都聽得到，卻不斷用無意但失禮的言詞說話。

這場獨角戲一直持續進行，黑髮女子也依舊默默忍受，正當男子感佩女子的忍耐度時——

「真是非常抱歉。」

一直保持沉默的商人妻子開口說話了。她嘴巴雖然在道歉，但是語氣聽起來並沒有任何歉意，彷彿她只是口頭說說而已。他的妻子繼續說：

「他這個人如果不喝酒的話，其實是個好人呢。」

「原來如此。」

女子抬起頭並在瞬間掌握所有保鏢的位置，然後從右腰拔出左輪手槍。

至於她身旁的男子反應快到連那些保鏢都無暇察覺，接著只聽見四發槍聲響徹荒野。

擊出的子彈全都命中保鏢腰際的說服者，如此一來就無法使用了。這時候女子當著目瞪口呆的

「善人們的黃昏」
—Innocence—

眾人面前舉槍瞄準商人的額頭。

「好了，把身上值錢的東西全拿出來吧。」

她笑咪咪地說道。

在日落後的昏暗夜色中，坐在河灘並雙手反綁在後面的保鏢們與躲在商人背後發抖的妻子，以及酒醒之後卻因為憤怒而氣得面紅耳赤的商人。

「怎、怎麼會有這種事！妳這個忘恩負義的傢伙！」

「我不會全部拿走的，大概只拿三成而已。」

黑髮女子一面當著他的面把金銀財寶裝進手上的袋子一面這麼說。她旁邊的男子則不敢大意地手持二二口徑的自動式說服者監視著。

「…………」

然後沒說半句話。

「那些可是我賺來的耶！」

對於商人的抗議——

「不過現在是我的。」

女子回答地十分乾脆。她把東西裝完之後再把剩餘的擺在商人面前。

然後女子為了防止他們隨後追上來，便命令男子把卡車的輪胎洩氣。男子特地壓著栓塞讓裡面的空氣全漏光。

「那我們告辭了，晚餐非常好吃。」

女子發動自己的車子之後便叫男人快點上車。

「怎麼會有這種女人！真是不敢相信！」

男人在離去的時候，對憤憤不平的商人這麼說：

「真是抱歉。如果她不用說服者的話，其實是個好人呢……」

「善人們的黃昏」
—Innocence—

第三話
「作家之旅」
—Editor's Travels—

第三話「作家之旅」
—Editor's Travels—

「不要客氣！儘管吃吧！如果不夠的話再點沒關係——我自己也在旅行，所以非常了解。旅行的時候不像在自己的國家，所有飲食都很窮酸對吧？平常只能吃營養均衡卻超難吃的攜帶糧食，或連吃好幾天只有撒鹽巴的魚，或水煮的青草等等。像這種豪華的燒肉全餐，一定很久沒吃了吧？」

「這個嘛……是的，的確沒錯……真的是很久沒吃呢。」

「奇諾這一路上老是對吃的嘮嘮叨叨，還說入境之後就要吃好料的。」

「所以囉，今天就儘管吃吧。吃到天亮也奉陪到底喔！全部由我請客！所以奇諾妳不用太客氣喲！」

「好好哦，奇諾。」

「當然漢密斯也有！就是剛剛說的新機油、輪胎、絞鏈、火星塞及其他消耗零件對吧？包在我身上！」

「真是謝謝妳了，大姊姊——喂，奇諾妳也跟人家說聲謝謝吧。」

「謝謝妳。妳請我吃這麼豐盛的東西……但我可是無力做任何回報哦。」

「妳跟我說妳這一路上的旅行軼事及各個國家的風貌，這就非常足夠了。好了，快點吃吧！」

「雖然來這裡以前我曾造訪位於這裡東方的那些國家，但是我了解得很有限。並沒有徹底了解那些國家的所有事物……這樣也能供妳做為參考嗎？」

「能能能。真是謝謝妳了——這肉很好吃吧？那再點一盤吧。順便說飲料要續杯。這家餐廳只要按個鈴就能點菜了，而且立刻就上來喲——嗨咻！」

「好……」

「大姊姊妳真有錢。」

「那當然，我是暢銷小說家喲。我寫的書到現在都還在再版，因此就算我坐著不動也會有錢入袋的。看，肉來了喲——快吃快吃！」

「啊，謝謝。那我就不客氣了——可是，剛剛妳不是說過去也跟我一樣是旅行者？」

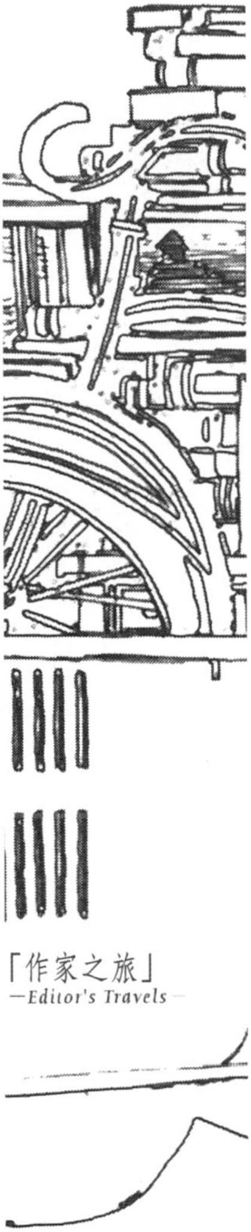

「是的，沒錯——就在我到這個國家的一年前。那時候我造訪了許多國家，而且在每個國家停留約半年的時間。」

「妳這樣才是真正的旅行者呢，可是後來發生了什麼事呢？」

「嗯——因為我特別喜歡這個國家——啊！我猜妳真正想問的是：『為什麼我這個旅行者會在這個國家當作家？』對不對？」

「是的，可以告訴我原因嗎？」

「理由很簡單，因為我出的書大賣。書店不是有在賣把我的名字跟照片印得大大的書籍？」

「看到了，還一大堆呢。」

「是有看到。其實昨晚我還在旅館的強力推薦下看了那本書呢……」

「謝謝妳這麼捧場。結果覺得怎麼樣？」

「是很有趣……我覺得還蠻好看的。旅館的人也都說內容很有趣。」

「嗯——我好開心哦。能夠聽到讀者的反應，真的很高興呢！」

「可是……呃——我不曉得這件事該不該說耶……」

「嗯？反正這兒也不會有人聽到，妳儘管說吧。」

「妳就說吧，奇諾。這時候就『直搗黃龍』吧。」

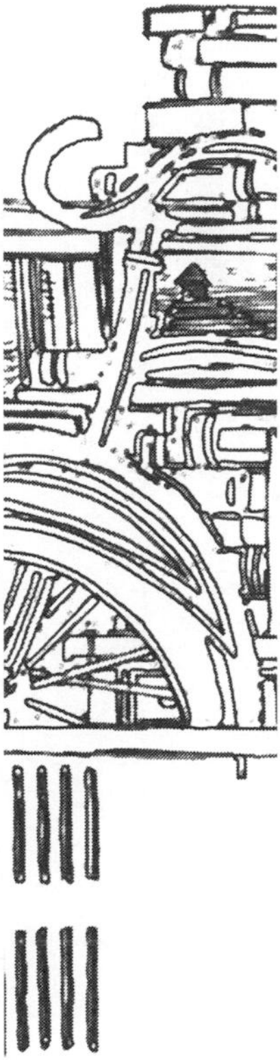

「……？」

「漢密斯你的意思該不會是『直說無妨』？」

「對對對！不愧是大姊姊！」

「漢密斯……」

「有什麼關係，好了快說吧，奇諾。」

「請說。」

「那我就說囉——那本書的內容，我曾在其他國家讀過。我記得作者的名字並不是妳。」

「嗯——然後呢？」

「撇開登場人物的名字跟這國家不存在的一些風俗習慣……還有語言等等細節，幾乎是一模一樣。」

「針對這些，奇諾妳有什麼想法？」

「基於妳曾經也是個旅行者，因此在那個國家用其他名字出版同樣的作品，其實也不無可能……

可是我怎麼想都覺得應該不是那樣——」

「繼續說繼續說。」

「好。後來我擬出這個結論——就是妳抄襲那本書的內容，然後拿到這個國家當成『妳自己寫的小說』出版。」

「咦？」

「了不起！嗯嗯，妳竟然能想到那裡去！沒錯！答案非常正確！」

「哎呀？」

「幹嘛這麼驚訝？奇諾說的一點也沒錯喲。」

「呃……」

「妳這麼乾脆承認，真的沒關係嗎？」

「有什麼關係，反正也沒別的人聽到。」

「…………」「…………」

「要是明天準備出境的奇諾跟漢密斯肯幫我保守這個祕密，這樣就沒事了。」

「的確是沒錯啦。」

「要是我說出來呢？」

「那這頓豪華的餐點就全由奇諾妳自己買單。至於漢密斯的脫胎換骨計劃也～會泡湯。」
「妳不會說出去吧，奇諾——應該是叫妳不要說。妳可千萬別說啊。」
「我不會說的啦，漢密斯。」
「我就知道，畢竟奇諾妳是個旅行者。我也看準妳這個人是不會做出對自己不利的事情。」
「這麼說……我的推測完全沒錯……」
「是的。其實我從沒寫過什麼文章，也就是從未出版任何創作。」
「一次也沒有？」
「一次也沒有——本來我這個人就是覺得要在自己的國家終老一生是件無趣的事才跑出來的，不過又很討厭旅途中辛苦的飲食生活，就算入境某個國家也得過著貧窮簡樸的生活。但是只靠賣旅途得來的東西，根本就無法讓我盡情揮霍。這時候我想到一個主意。」
「嗯嗯。」
「既然我要周遊列國，就乾脆來做在某國是輕而易舉可得的東西，但是在其他國家卻是珍奇異寶

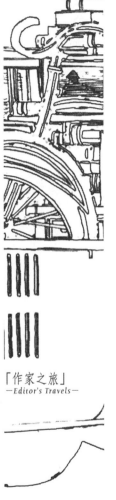

的買賣。我想每個旅行者都曾有過這樣的想法，也做過這種事。不過令我傷腦筋的是，『其中能獲取最大利益的是什麼？』這件事。」

「結果，是書籍嗎？」

「沒錯！因為其他東西只要是賣完就沒了，無論它變得多高價──可是書不一樣。即使只是一本書，只要大受歡迎就會應市場需求而再版，這樣就有版稅可收。」

「的確沒錯，是很有賺頭。」

「對吧？於是我開始採取行動。我在某個國家拚命看書，然後把覺得有趣的作品拚命堆到馬背上，帶到下一個國家。然後到那兒的書店調查當地什麼樣的作品比較賣。然後從手邊的書籍挑出在當地國家並不知名，但可能會大賣的書，再把裡面的內容全抄下來。」

「然後再把它帶去出版社，是嗎？」

「是的，我直接送去出版社。還跟他們說，『這是我在旅途中寫的作品，請您過目』。」

「原來如此，原來如此。」

「當然也不是全部都行得通，只不過出版的機率倒是相當高，有一兩本是真的出版成書。剛開始可能賣得不是很好，那我就再多收購一些書到下一個國家重複同樣的事情。」

「嗯嗯。」

「然後呢？」

「不久我就慢慢了解『什麼樣的題材在這個國家會大賣？』、『這國家的讀者想要什麼？』。我學會了如何去區分——至於接下來就輕鬆多了。我只要從手邊的書挑出最好的一本，然後在那個國家以作家的身分出道！就能夠過著靠版稅賺錢的優渥生活。當我厭倦那個國家想要離開，人民還會淚眼相送。然後我再到下一個國家做同樣的事情。每天都過得非常精彩的生活呢。」

「妳這麼做已經很久了嗎？」

「這個嘛，應該有十年了吧？我已經忘了。不過——」

「不過什麼？」

「我每天都過得很快樂喲。」

「我想也是。哪像奇諾做的是極度貧窮的旅行——好痛！」

「雖然我不會特別去指責妳……可是妳這樣的行為，不就欺騙了讀者跟出版社嗎？」

「放心啦。我並沒有欺騙任何一個國家的讀者，他們也不覺得自己被騙。不認為被騙的人就不算

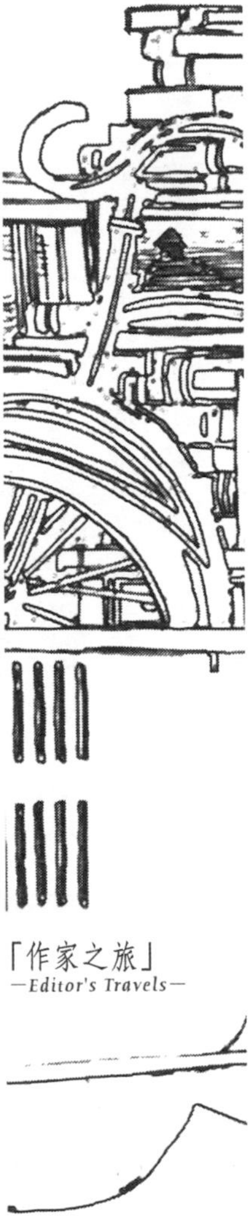

被騙喲——重要的是大家都覺得看了一本有趣的書，也覺得很開心。我還收到許多讀者來信，內容有『我非常感動！』、『這是一本非常精彩的書！』、『很慶幸自己遇到這本書！』等等。如果沒有我的話，大家這輩子就讀不到這樣的書喲。我還覺得自己是在積功德呢。」

「原來如此……那麼出版社呢？我講白一點好了，這樣不是會害他們落到『盜版』的下場？」

「喔～我可以掛保證，絕對不會有那方面的問題。」

「怎麼說？」

「畢竟我沒有對出版社做任何坦白，出版社也沒有說什麼。可是——」

「可是？」「可是什麼？」

「他們應該早就發現這個詭計了喲。」

第四話
「電波之國」
—Not Guilty—

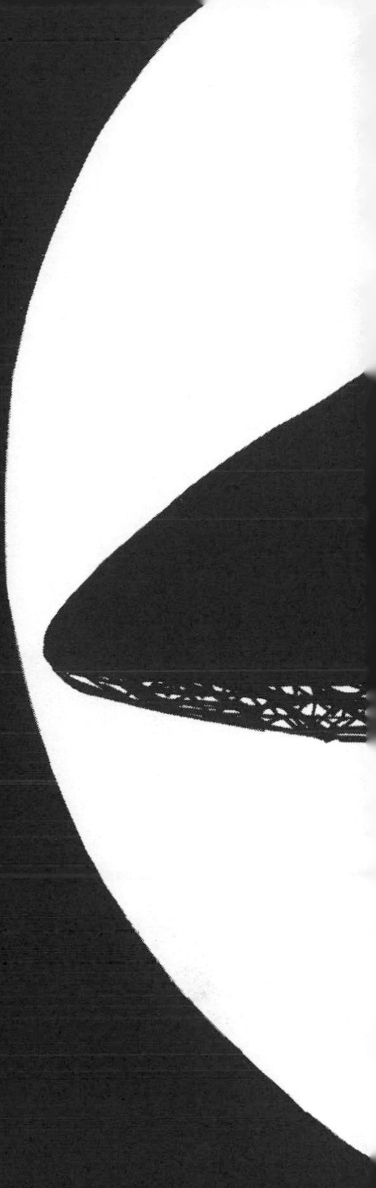

第四話「電波之國」

—Not Guilty—

我的名字叫陸，是一隻狗。

我有著又白又蓬鬆的長毛。雖然我總是露出笑咪咪的表情，但那並不表示我總是那麼開心。我是天生就長那個樣子。

西茲少爺是我的主人。他是一名經常穿著綠色毛衣的青年，在很複雜的情況下失去故鄉，開著越野車四處旅行。

然而西茲少爺他——不久以前腹部被刀子刺傷。雖然是相當危險的傷，幸虧救他的那個人做了適當的處理，再加上西茲少爺強韌的體力才沒有因此致命。

跟救他的人分開之後，西茲少爺為了休養，便在空無一物又人煙罕至的海邊過了一陣子睽違許久的安詳生活。

那段期間，有各式各樣的物品漂流到海岸。

有裝了豐富糧食的防水木箱、飲料瓶、火藥及子彈之類的「物品」、燃料罐、衣物袋，偶爾還有金銀財寶。

那些鐵定是從「那個國家」流出來的，只是我們並不知道「那個國家」後來變成什麼樣。

被晨光照得透亮的帳篷裡，依稀聽得到爆炸聲。轟隆隆地連續兩次，然後又回歸寂靜。

「幹得正起勁呢！」

盤腿而坐的西茲少爺笑著說道。然後慢慢把腹部的繃緊拆開。他把紗布塊拿下來，裡面的傷口已經完全癒合。上面有經過粗魯的縫合及隨便拆線的痕跡，我想那個疤大概會留一輩子吧。

「我已經沒事了，做好準備之後就立刻出發吧。」

西茲少爺邊穿T恤邊說，然後又再套上他常穿的綠色毛衣。

「你打算如何處置蒂？」

我問起那個在西茲少爺的肚子開了個洞的少女。她正在附近的岩石區使用投擲手榴彈到水裡的粗魯捕魚法，捕捉早餐的食材。

西茲少爺笑著回答說：

「幸好我們是開越野車。」

糧食跟燃料、可以換洗的衣物、可以變賣脫手的物品、蒂似乎很愛的手榴彈跟飛刀——西茲少爺把能裝的東西盡量裝進越野車，使得越野車整個膨脹了一圈。

在毛衣外又加了外套的西茲少爺坐在駕駛座，還戴著防風眼鏡。

副駕駛座上那位綠眼睛的白髮少女，很喜歡漂流物之一的寬鬆黑夾克，因此把它當做大衣穿。

而我則被趕下原來的位子，用略擠的姿勢窩在她細瘦的兩腳之間。

然後——

「我不會忘記這些日子以來生活的這片景色喲。」

「…………」

打完招呼後，我們便告別了生活許久的海岸。

映在後照鏡的海面越來越遠，不一會兒就消失了。越野車發出順暢的引擎聲在平坦的草原奔馳。

「放心，我們一定很快就會找到適合居住的國家。」

西茲少爺用開朗又強而有力的語氣對蒂這麼說，不輸給迎面吹拂的暖風聲。

而蒂——

「…………」

還是跟往常一樣，面無表情又沉默不語。

「很快就會找到。」

我心想，那應該是不可能的事吧——

不過又想：「算了，隨便啦」。

＊　＊　＊

春季的陣雨落在寬廣的草原。

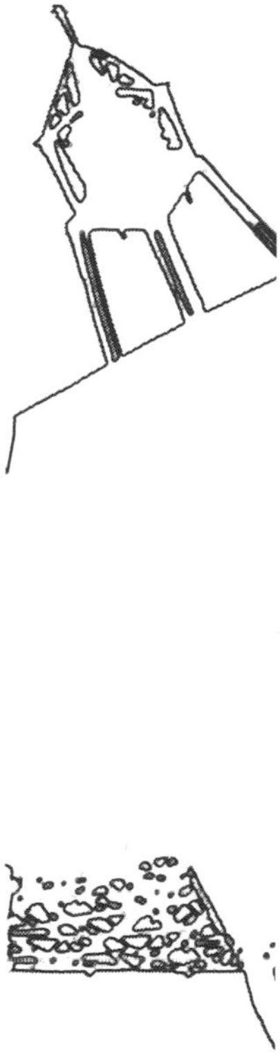

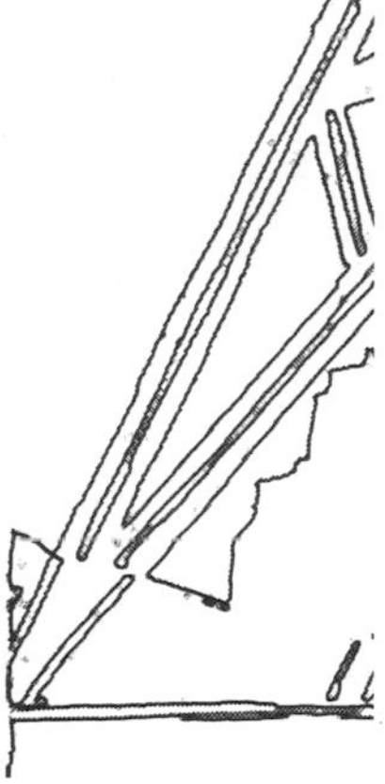

氣溫不高也不低，濕度雖高卻沒有不適感。

草原放眼望去有許多大樹，其中一棵的正下方停放著一輛越野車。藍色塑膠布被拿來充當避雨的防水布在車體上展開，一頭綁著安全桿，一頭綁在樹枝上。

有時候從枝葉間會落下大顆的雨滴，還「啪」地發出聲音。這時候坐在副駕駛座的蒂就會抬頭往上看，然後又把視線移回正面。「啪」，又抬頭看。

西茲少爺坐在駕駛座上閉目養神，我則趴在引擎蓋上面，等待陣雨過去。如果雨持續下到一整天的話，就決定穿著雨具繼續旅程，不過目前是暫時休息。因為地平線那頭的雲間有陽光透出來，所以再過不多久雨應該就會停。

「不曉得下一個國家會是什麼樣子……」

西茲少爺閉著眼睛喃喃說道。而蒂當然是——

「…………」

什麼話也沒說。坐在駕駛座旁邊的她，只是用綠眼睛看了西茲少爺一眼，又把頭轉回去。

我也無法回答他的問題。因為誰也不知道那將是個什麼樣的地方。畢竟這世界有太多國家，並沒有哪個國家是一樣的。

而且在那之前還有個問題，這片寬廣的草原上有國家存在嗎？不過西茲少爺倒是很樂觀的說：

「只要找到馬路就行了」。

雨雖然還綿綿地下，不過頭上的烏雲早已散去。太陽照在我們身上，藍色塑膠布發出刺眼的光芒。

這時西茲少爺解開了繩子，把塑膠布甩一甩。前方的天空則出現了大彩虹。

仔細一看，還是兩道彩虹呢。

越野車壓過濕漉漉的草地在草原奔馳，往西方前進。

出發前我還怕蒂可能會暈車，不過這點似乎不用擔心。因為她對硬梆梆的座位（不過有把衣服捲起來當座墊墊在下面）、緊繃的安全帶或搖晃的車體都不感到害怕，而且還很開心地欣賞她有生以來頭一次看見的大地景色。一看到草原遠處有鹿之類的大型動物——

「…………」

她還轉頭追著牠們的背影，直到看不見為止。

我們就這樣在草原跑了整整一天，在傍晚時刻終於找到一條路。

那是一條南北向的道路，上面還有輪胎的痕跡。道路聯繫國與國之間。或許正如西茲少爺所說的，只要沿著這條路走就會抵達某個國家吧。因為不曉得該往南或往北走，於是西茲少爺把手伸向後座的包包，拿出一枚小銅板，然後讓副駕駛座的蒂握著。

「…………」

西茲少爺對不可思議地看著硬幣的蒂說：

「我們用丟銅板來做決定，如果出現的是現在看到的人頭，就往南走；如果是有數字的背面，就往北。」

蒂點點頭之後就用左手把銅板丟出，而且很用力。

只見銅板呈拋物線落在十公尺遠的草堆裡。

「啊……陸，麻煩你了。」

結果是人頭，於是我們便往南走。

那天晚上我們在草原搭帳篷，西茲少爺在裡面教蒂怎麼丟銅板。

「要像這樣輕輕往空中丟再握住，然後放在另一手的手背上——」

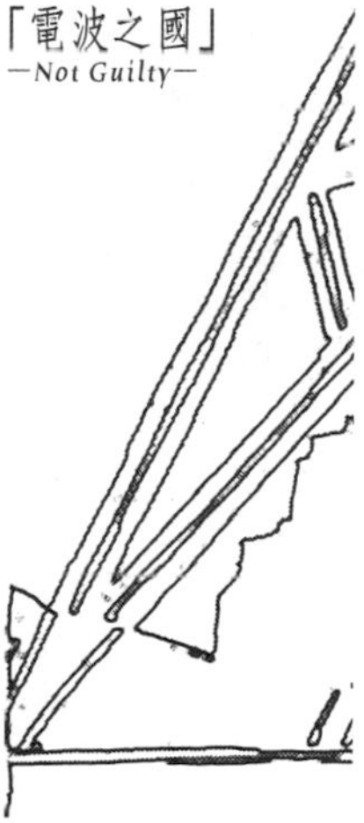

隔天早上。

越野車沐浴在左方的刺眼晨光下，順著道路南下。

我跟西茲少爺在單純的移動中幾乎不講話。過去是那樣，現在多了蒂也一樣——不過這也是理所當然的事。蒂她什麼話也不說，只是對景色感到百看不厭。

出發後便持續行進著，接近中午時。

「看到了！」

西茲少爺第一次開口，然後手指著前方。灰色的城牆從地平線下方慢慢露出來。蒂望向前方。

「…………」

她只是無言地看。

「看來中餐我們不必自己做了。」

西茲少爺說道。

入境許可沒什麼特別問題就下來了。載滿行李，略帶污泥的越野車穿過城門。

這兒是個大國。從遠處看就覺得城牆的幅員十分遼闊，看過城門前廣場的國內地圖，我們了解往西南方向深入的話是整個歪斜的地形。

我們在國內行駛，發現這是個井然有序的國家。打扮整齊的人們走在設有號誌的街道，還有乾淨的車輛行駛著。雖然不見高樓大廈，但基於這兒國土遼闊，因此並不需要這類的建築物。治安看起來也不錯。

接著穿過市中心來到可見田地的郊外，來到入境審查官告訴我們的一家附有停車場的便宜旅館。那是呈細長狀的一樓平房。

平時西茲少爺都會住最便宜又狹小的房間。但這次他卻選了有雙人床的房間。

他開心地沖了個久違的澡，也順便幫我洗了個澡。雖然我曾委婉地拒絕，不過我身體的確也蠻髒的。

至於蒂似乎無法了解浴缸是做什麼用的，因此西茲少爺簡單地教了她一下。這名少女的適應性似乎比想像中還高呢。

附近有家餐廳，有提供點餐外送的服務，於是我們便點了一些菜。西茲少爺跟蒂吃了麵包上有許多食材，又加了起士烤過的料理。這對蒂來說當然是頭一次嚐試的料理，她對食物並沒什麼牢騷，不過她沒有表現出吃攜帶糧食時那樣的感動。

這天下午我們分攤好各自該做的工作。

西茲少爺去賣能夠換錢的東西，然後買一些必需品回來。在等他回來的這段期間，我跟蒂則在房間洗晾隨身攜帶的衣物。我負責教，蒂負責做。雖然是頭一次做這些事，不過這名少女基本上還挺機靈的。

「那麼，有些事我想先跟妳說明。」

在房間用過還算豐盛的晚餐之後，西茲少爺對著坐在小圓桌對面的蒂說話：

「我們的目的並不是周遊列國——或者說『樂在旅遊』。我正在尋找能夠定居的國家，希望能發揮一己之長。」

「…………」

「現在我還不很了解這個國家，但是打算往後深入了解一下。目前為止只知道這兒似乎不是什麼不好的國家。而且餐點也不錯吃呢。」

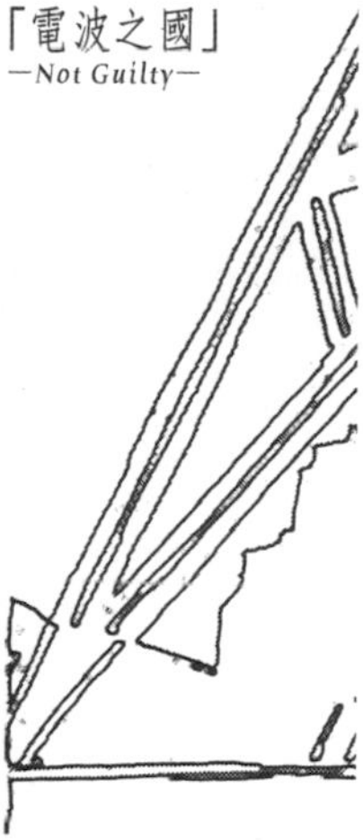

「…………」

「從明天起我將不抱持偏見及先入為主的觀念四處逛逛。如果妳有發現到什麼事也請告訴我。」

「…………」

「為了以防萬一——畢竟這裡是許多人生活的國家。現在我們只是以訪客的身分暫時住在這裡，行事必須謹慎小心。注意不要做出突然傷害到別人的言行舉止。」

過去行事一向莽撞的西茲少爺竟然會說出這種話，不禁讓我的心裡產生不少疑問，不過他會這樣應該是在提醒不習慣旅行的蒂吧。

「懂了嗎？」

蒂乖乖地點頭，不過——後來我們才發現她根本就不懂。

隔天。

西茲少爺帶著蒂跟我駕著越野車在國內行駛，天氣不錯。

西茲少爺穿著綠色毛衣跟牛仔褲，蒂則是穿棕色的圓領長袖襯衫及灰色的短褲。衣服除了是洗乾淨的以外，並沒有什麼不同。

在城裡的時候，西茲少爺把刀裝進袋子裡用手提著。蒂斜背一只小包包，裡面似乎裝了水壺跟

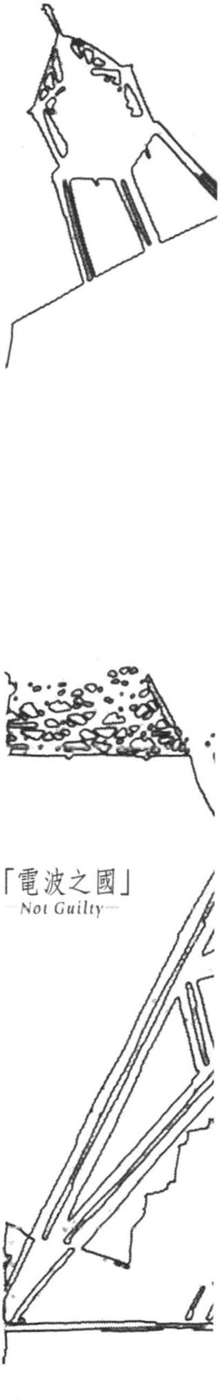

攜帶糧食。

我們到處參觀了這幅員遼闊的國家的都市部分、農地、住宅區。

旅行者對當地居民來說很罕見，還對我們表示歡迎。都市裡的人也很親切地告訴我們路怎麼走，在農地還有人送剛採收的番茄給我們。

西茲少爺詢問了有關移民的事，似乎只要到市政機關做居民登記，然後工作賺錢並按時繳納稅金就沒什麼問題。在大多數不接受外人的國家裡，這個國家算是挺寬容的，實在很少見呢。

這兒的政治系統採民主主義，以選舉的方式公平選出人民的代表。對於看過不少國王與獨裁者禍國殃民的西茲少爺來說，應該沒有留下什麼惡劣的印象吧。

而且這裡的經濟很安定，也極少有人餓死的樣子。看得出來人們飽嚐這國家的安定生活的喜悅。

結束整整一天的觀摩之旅，回到房間的西茲少爺看起來心情很好。

「結果是個『普通的國家』。」

西茲少爺說道。然後還補了一句：「不過一般為了推動國家，大多數住在那兒的人必須努力，那才是最辛苦的。」

我問他喜歡這裡嗎?西茲少爺點點頭。

「我覺得暫時住下來也不壞。」

「…………」

蒂總是沉默不語，讓人不知道她究竟是贊成還是反對。

隔天我們又參觀這個國家。天空的雲多了些，但好像不會下雨。

不過這個國家很大，雖然不曉得當初是誰立國的，不過高聳的城牆就是以盡可能圍起來的方式圍住草原跟森林。

接著我們到北城門及其附近走走，然後又到位於南方的大街。我們還退掉昨天的旅館。

南街充滿了朝氣，街道上有路面電車行駛，人潮也很多。

「…………」

眼前的事物對蒂來說都是第一次看見，不管走到哪裡，只見她一直忙著轉動脖子。

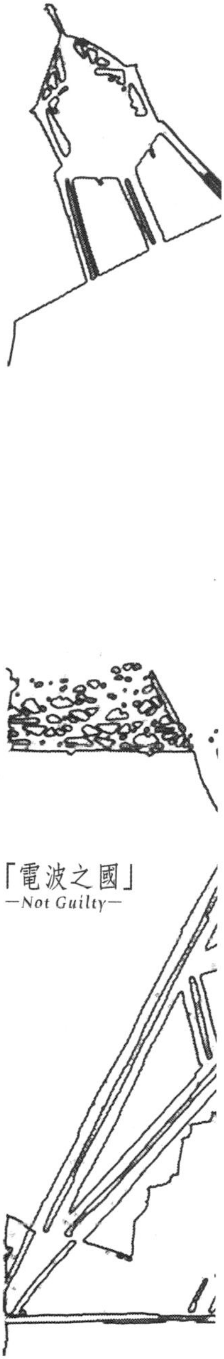

來到並排著大房子與商店的街頭一角，西茲少爺把越野車開進加油站。有機會加油就加滿是他一貫的作風。

我跟蒂在加油的時候站在人行道望著街景。

近中午時分的多雲天空下，路上出現了出門購物的家庭主婦與出來吃午飯的上班族。還有人看到我們便滿臉笑容地揮手打招呼呢。

就在這個時候，有個男人出現加油站旁邊，沿著人行道往我們這邊走來。

他是一名年約五十歲的中年男子。體型消瘦，身上穿著白襯衫，然後下面只穿一條內褲還打赤腳，不過全都被血染得鮮紅。

他的右手好像還提著什麼東西，結果是個人頭。他右手抓著人頭的長髮，站在柏油路上若隱若現的位置搖著人頭。血不斷滴在人行道上。

「……」

蒂瞪著那男人看，他距離我們約二十公尺左右。

「西茲少爺！」

當我叫西茲少爺的時候，看到那男人的加油站女職員也在同時發出慘叫聲。

那男人腳步蹣跚地走近我們，表情倒是相當冷靜。

我連忙擋在蒂的前面，思考該對他發出吼聲還是吠叫，或者是跟他說話。不過正當我覺得他都不會在意的那一瞬間，西茲少爺突然跳到我們面前。手上還拿著裝有刀子的袋子。

「想不到……這國家並不普通呢。」

西茲少爺喃喃說道。如果有人提著鮮血淋漓的人頭在路上走還算是普通的國家，那這樣的國家還蠻討人厭的。不過看到那名女職員歇斯底里地拚命叫：

「哪、哪個人快報警！報警啊！」

「哇──！」

再看看路上的行人慘叫的模樣，看來最好是用常理來做判斷。

「你在做什麼？那些血跟人頭是怎麼回事？」

西茲少爺基本上還是問了一下對方，男人說：

「少囉唆，你也想死嗎？」

西茲少爺確定聽到他講這句話才行動。他迅速靠近對方，用放在袋子裡沒有出鞘的刀尖給予那

個男人的心窩一擊。男人發出呻吟倒在地上。

人頭掉在人行道上，並滾動到車道間的側溝蓋上停了下來。

過沒多久在附近巡邏的警察趕來。西茲少爺把那個男人交給警察。

由於不曉得究竟發生了什麼事，他只把所見跟所做的事向警官報告。加上加油站的員工對我們讚賞有加，因此才沒有被懷疑。

至於那個男人則是唸著莫名其妙的話，然後被警方帶走。人頭在拍照存證之後就被裝進袋子裡。這時候臉色蒼白的女職員跑過來說那個男人是附近某家幼稚園的園長，剛剛她打了好幾次電話去幼稚園都沒人接。這次換警察們的臉色變蒼白了。

西茲少爺跟在四名前往幼稚園的警官後面。我猶豫該不該跟著去，但是看到蒂好像理所當然地跟在西茲少爺後面，於是我也追了上去。

距離數十公尺，像一所小型學校的建築物就是幼稚園。人行道的血跡一直通到那裡，應該說，血跡就是從那裡來的。

「有人在裡面嗎?」

警官一面大叫，一面拿著說服者走進建築物。原以為不相干的我們會被擋在外面，但是好像沒有警官有空理我們，於是就正大光明地跟在他們後面。

然後前往沾滿血跡的場所，我們來到建築物中央一處大房間，然後往裡面看。

「哇!哇啊……」

一名年輕警官嚇得昏倒。

充滿濃厚血腥味的那個地方，簡直就跟戰場或刑場不無兩樣。地上躺著幾名頭被砍掉的女子屍體。大概都是褓姆吧。

地板上的絨毯吸了不少血，把整個房間變成紅色的潮濕地帶。裡面還躺著幼稚園孩童小小的軀體。大概有二十多具吧。他們全都口吐白沫，小小的雙眼瞪得大大的，然後動也不動地倒在地上。

紙杯散落在地面各處。

「………」

警官、西茲少爺、我，每個人都陷入沉默之中。

「大家都死了。」

蒂說道。

這一天我們投宿在警察署附近的旅館。因為現場勘驗一直持續到接近傍晚的時刻。

後來那個地方有如人間煉獄。獲知消息趕到現場的家長趴在搬運途中的屍袋上，看到孩子的臉之後不是休克就是拚命喊叫。四周拉起黃色的警戒線，附近居民與媒體紛紛聚集而來。

結果，裡面二十二名幼稚園學童及六名褓姆都被毒死。大人的頭顱還被砍下。是午餐喝的茶被下了劇毒。可以確定是那名男園長獨自幹的。而且還在現場找到毒藥瓶跟電鋸。房間的角落堆放了大量燃料。有看到點火裝置，不過手製的導火線卻被血淹沒而消失不見。

西茲少爺後來好像有接受表揚，不過他本人並沒什麼興趣。因為無法阻止大量殺人也無法事先預知，他們應該知道就算為孩子的死傷心也無可奈何，不過西茲少爺的表情一直都悶悶不樂。

蒂跟平常沒什麼兩樣，把端來的晚餐全都吃光光。

晚上，房間裡的收音機盡可能以客觀的觀點淡淡地報導這件事。我們大概聽過之後就把它關掉。

「人越多就越會發生這種事情——貧窮的國家常會發生為了討生活引起的犯罪行為。反倒是像這種富裕的大國，雖然鮮少有那樣的犯罪行為，卻偶爾會發生罕見的離奇案件。雖然很悲哀，但這也是沒辦法的事。」

西茲少爺說道。

還有一個題外話，後來我們越野車的燃料在那場混亂中竟然變成不用錢。

隔天。

天氣比昨天還陰暗，就算隨時會下雨也不足為奇。

吃過早餐後，西茲少爺走到警察署。我跟蒂也跟著去。出來了一名年約五十歲的男人自稱是警察署署長，並帶我們到會客室。比署長稍微年輕的副署長跟我們隔著桌子坐了下來，還奉上茶水。

署長先感謝西茲少爺逮捕犯人還協助搜查。西茲少爺詢問接下來進入審判的時候是否需要自己的證詞。屆時不曉得會花上多少時間，如果幫得上忙的話，他願意暫時留在這個國家。

這時候署長搖搖頭說：

「應該沒那個必要吧，那個男人並不會被判刑。」

西茲少爺聞言輕皺眉頭。我還以為犯了那麼重大的罪行，應該不用審判就直接處以死刑的，可是事情卻不然。署長這麼說：

「那個男人……園長的行為太脫離常軌了。」

那看也知道。西茲少爺也點頭表示贊同。

「這個國家每隔好幾年就會發生一次這種離奇的大屠殺事件。讓人感到既悲哀又遺憾。」

昨晚西茲少爺也曾這麼說過。截至目前為止我都聽得懂。

「那些都是收到邪惡電波所引起的。所以我們無法懲罰他。那個男人將判無罪，然後送到醫院接受隔離治療。」

這點我就聽得霧煞煞了。

「這話是什麼意思？」

西茲少爺探出身子問道。

署長面色凝重地站起來，走到窗邊往外眺望。外面還沒有下雨。

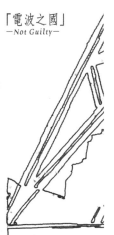

「這國家有過一段略微悲慘的歷史……」
他背對著我們突然這麼說。西茲少爺跟我等著他把話說下去。
「過去這國家是靠聚集大批奴隸而建立起來的，不過這是好幾百年前的事了。為了控制奴隸，於是在他們的頭部埋進很小的機器。」
「什麼機器？」
西茲少爺問道，坐在一旁的副署長回答：
「就是像收音機那樣傳送或接受電波，然後控制人類意志的東西……歷史上是這麼記錄的。否則就無法控制這麼大一個國家裡的所有百姓了。這樣的時代持續了好一陣子，奴隸們突然莫名其妙地被解放，於是就定居下來到現在。對我們來說那不是什麼值得回顧的過去，我們也很少跟旅行者提起這段歷史。」
「我了解了。其實我也不是什麼記者，只是那跟這次的事件有什麼關係？」
西茲少爺詢問署長。署長回過頭來，用嚴肅的表情說了這番話：
「我的意思是，我國之所以偶爾會發生像昨天那種事件，全都是那個機器跟『電波』的關係喲！」
「原因是電波啊……」
「沒錯。」

西茲少爺回答之後，署長用更強而有力的語氣肯定。

「在我國西方郊區的森林裡，有個永遠禁止進入的廣大區域。你知道那裡有什麼嗎？」

西茲少爺老實回答「不知道」。他曾在地圖看過那個區域，但還沒去過那裡。

「那我就告訴你吧。那個永遠禁止進入的區域裡有『基地台』。是過去用來操控我們祖先，發射電波的基地。那兒有大型天線跟強力的發電設施——操縱那座基地台的人已經去世了，不過機器還在。而且基地台會臨時發射電波，那電波就會襲擊我們這些奴隸的後代子孫。運氣不好接收到電波的人就會在非本人意志控制的情況下幹出昨天那種悲慘的事情。我國每個國民隨時都有可能像園長那樣，連同我在內的國民都得面臨那樣的恐懼。但是一般的刑法又無法對那麼不幸的人判刑。畢竟他也是被害人，我們無法對他追究責任。不管他幹出什麼事情，我們都只會判他無罪。」

表情嚴肅的署長斬釘截鐵地說道。他回到座位上盯著西茲少爺瞧了一會兒。

「基於那個原因，我代表警方為你昨天的行為致上謝意。但如果你認為我國是經常發生離奇犯罪的危險國家，那真的是大錯特錯。我國非常『正常』，也沒有任何一個會幹那種事件的人。這全都是電波害的——全體國民都為此而苦，也深深了解事態的嚴重性。希望旅行者你也能夠體會。」

也就是說，你希望不了解來龍去脈的外人別對貴國產生任何誤會是嗎？

西茲少爺問道：

「可是你們這些後代子孫不是有被告知過那個機器的事情及其能力嗎？」

果不其然，這句話明顯惹火了署長跟副署長。副署長反問：

「你是生物學家或什麼專家嗎？還是醫生？物理學家？」

「都不是。」

「那你這個問題就有點牛頭不對馬嘴了。這在我國已經是長久以來令人頭痛的現實問題。這些也都是歷史發生過的事實呢。」

署長自信滿滿地說道。

於是西茲少爺改從另一個方向問：

「既然諸惡的根源是那個基地台，那只要把再也派不上用場的那個基地台破壞掉，不就可以解決這個問題嗎？」

「你這麼說是沒錯，」副署長開口道：

「如果可以那麼做，我們早就做了。你大概沒想到為什麼基地台周邊永遠禁止進入吧？因為越是接近那裡，電波就越強。只會害人失去理性。希望你別講這種根本就做不到的事情。」

「原來如此，的確是沒錯。這樣我非常清楚了。」

西茲少爺說道。

然後──

「那麼我們就接下那個工作好了。我們是旅行者，並不是這個國家的百姓，應該不會受到電波的影響吧。一旦成功的話，你們從今以後就不必擔心電波的威脅了。」

越野車行駛著。

「現在的心情是覺得很幸運能夠到禁止進入的地方觀摩呢。」

西茲少爺說道。這裡是國內的草原，蒂坐在副駕駛座，我則窩在她兩腳之間。時間接近中午，天氣還是陰天。

我們在警察署把事情談妥之後，就前往基地台進行偵察與破壞的行動。我們離開城市往西行，

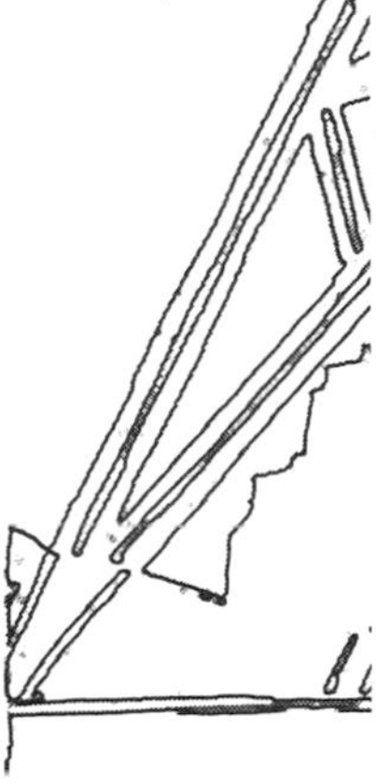

向荒廢的草原前進。

順便一提，原本西茲少爺叫蒂可以不用跟去，但是她很明顯並沒有聽進去就大剌剌地坐在副駕駛座上。

西茲少爺穿著毛衣，蒂穿著黑色大衣。越野車上則載了裝滿警察署提供的高性能炸藥的背包。裡面的數量足以輕鬆炸毀一棟建築物。

雖然是出發了，不過正如西茲少爺所說，他完全不覺得「電波會對人類造成影響之說」是真的。我也那麼認為。

西茲少爺繼續說：

「撇開頭部裡真有機器這件事不說，但畢竟已經過了好幾代了……只是說過去被廢棄的機器持續運作這種案例，我們不是沒有見過。」

的確沒錯，我們不久前才剛見識過。只是當著蒂的面前我們不好明說罷了。

「所以這兒的基地台或許是靠自動發電持續運轉的。只要拍下完全破壞證據照片，國人應該就會安心吧。」

「而且還會稱讚我們呢，然後應該會給我們什麼好處吧？」

「不可諱言，那也是有可能——」

不久我們看到蒼鬱的森林。那是一座高約二十公尺的茂密樹林，與寬敞的草原是截然不同的世界。這兒或許是人工造出來的樹林吧。基地台應該就在這裡面。

西茲少爺把越野車停下來，背起裝了炸藥的背包。因為現在的蒂很不安定，因此就把裝有引爆裝置．雷管的小箱子綁在我脖子上。今天就請穿著長褲的她幫忙拿借來的相機、水及糧食、上衣等等。

森林裡有些昏暗。因為平常沒有人進入，所以沒有道路。我們利用指南針，踩過雜草跨過傾倒的樹木，一直往西前進。

過了快一個小時吧，才在前方看到幾輛腐朽的車子。從小型車到大型的卡車都有。金屬車體已經被鐵鏽染黑，埋沒在林木草堆裡。再從那裡往裡面走，就發現到我們要找的標的物。

「應該是這個吧？」

西茲少爺站在那東西前面喃喃說道，然後放下沉重的背包。我跟蒂則站在旁邊，同樣望著那東西。

森林裡有座天線設施，這裡的確是基地台。

但那是過去式了。

「這應該不需要我們爆破吧。」

西茲少爺說的沒錯，這基地台早已經腐朽。

原本聳立的時候將近一百公尺高的天線鐵塔，基座部分已經彎曲，整個橫躺在地面。上面不僅生滿了鐵鏽，樹木還從鐵架的間隔探出頭來。

在傾倒的天線旁邊有座疑似控制設施或發電所的建築物遺跡，那是一棟四方各二十公尺的正方形大樓。過去應該有四層樓高吧？但如今只剩下彎曲的鋼架及些許外牆。往裡面大概看了一下，只見草葉裡埋著不知原來是什麼機器的碎片。

「沒聽說還有別的這種設施，應該就是它了吧。」

「怎麼辦，西茲少爺？要炸毀嗎？」

「這只是浪費炸藥而已。」

一點也沒錯，因為這裡已經算是遺跡了。

西茲少爺用相機拚命拍照。這些照片不用沖洗就會馬上顯出影像，因此非常方便。照片有整體圖、建築物內部、天線的模樣等等。他還讓蒂到處站，好測量標的物的大小，也拍了好幾張她板著臉的照片。

「妳覺得怎麼樣？」

西茲少爺把照片拿給蒂看。

「……………」

蒂不發一語看著那些表情一致的照片，然後從裡面抽出一張放進自己的口袋裡。

「算了，只是一張而已。」

然後西茲少爺爬上附近一棵高大的樹木，以防萬一地確認四周。他環視著森林，確定沒有類似的設施。

「回去吧。」

西茲少爺又把炸藥背起來，然後我們踏上歸途。我們花了將近一小時的時間回到森林外，越野

車在陰暗的天空下奔馳。

「這樣國人應該可以暫且放心了吧。」

西茲少爺說道。

將近黃昏時刻，我們回到警察署前面。

可能有先聯絡政府的關係，除了署長，還出現了幾名西裝筆挺又嚴肅的男人在建築物前面把越野車團團圍住。以及幾十名手持攝影機或筆記本的記者。大家不斷對我們拍照。還聚集了前來看熱鬧的男女老幼，應該是附近的居民吧。看來眾人比我們想像中還重視這件事。

西茲少爺先把炸藥跟信管還給警官。

然後眾目睽睽之下站在署長跟那群西裝先生們面前報告。

「的確有基地台。」

西茲少爺說道。

「是嗎？然後呢？」

於是他把拍好的整疊照片拿給焦慮不安的署長他們。男人們凝視著照片。

「可是，正如你們所看到的。」

「有把它炸掉嗎？我看炸藥還剩很多呢……」

署長問道。

「不，我們什麼也沒做——從機器生　的狀況、高樹從傾倒的鐵塔縫隙長出來的樣子就看得出來，那座基地台早就毀損。應該有幾十年沒運轉……搞不好還更久呢。」

照片從男人們的手上嘩啦啦地掉下來。把我們團團圍住的記者們也發出驚訝的聲音。

「這、這怎麼可能！」

某個西裝先生大叫，他手中拿著撿起來的照片，再度把照片仔細端詳一次。

「這怎麼可能！」

同樣的話又重複一次。西茲少爺繼續說：

「我的意思是，根本就沒有『這國家的國民遭到電波的控制』這回事。過去大家一直以為那些人是遭到控制而殺人，但遺憾的是那純屬當事人的個人問題，應該算是犯罪行為才對。」

西茲少爺義正嚴詞地說出理所當然的事情，但周遭的氣氛越來越不對勁。署長呆呆地杵在原

地，西裝集團的手抖個不停，連媒體記者都僵住忘記拍照。圍觀的群眾也都沉默下來。

「什麼基地台發出的指令，無論是過去或未來都不存在，因此大家可以放心——」

這時候署長的叫聲卻打斷語氣開朗的西茲少爺所說的話。

「騙人！」

「怎麼可能有那種事！過去，甚至昨天所發生的悲慘事件，你說那不是電波的影響？那怎麼可能？」

西裝集團的某人也跟著說：

「沒錯！我國不可能有在自身意志下幹出那種事的人！」

四周紛紛響起「沒錯沒錯」的贊同聲音。仔細一看，這些人包括媒體記者跟圍觀的群眾。

「可是，現在的基地台已經變成這樣了。」

西茲少爺滿臉困惑地說明，想尋求眾人的接納。但是——

「我明白了！這一切全都是偽造的！」

西裝先生正經八百地說出這種話。周遭的人也「沒錯沒錯」地表示贊同。雖然我很質疑他們怎麼有辦法這麼團結，不過對他們來說應該是沒什麼問題吧。

「看樣子這位先生……是受到基地台的影響吧！」

「是嗎？原來如此！這名男子、狗跟少女太接近還在運作的基地台。因此非本國國民的他們也受到影響，才會出現這樣的行為。不惜捏造照片來欺騙我們！」

這實在太扯了，我很想問他們這麼做對我們有什麼好處。

除了在場的西茲少爺跟蒂以外的人們，都認定我們是受到電波的影響。

「沒那回事，請你們再重新考慮。」

西茲少爺略為訝異地說道，但是卻無法挽救現場有如潰堤般的氣氛。署長則說：

「不能讓這些傢伙繼續待下去！逮捕這兩個人跟那隻狗！盡快送他們進醫院，現在只能隔離他們了！」

他一聲令下，警察署就出來了大批警官。對西茲少爺來說，總不能在國內跟警官大打出手。因此他沒有做出任何抵抗的舉動。

「我並沒有受到影響。」

他只是冷靜地這麼說。

至於我的話，如果真的想逃是可以從警官隊的腳下溜走，但是我總不能丟下西茲少爺逃跑。因此就跟慢慢舉起手的西茲少爺一樣，乖乖待在他旁邊不做任何抵抗。

只有蒂不一樣。

不知道什麼時候她竟然從我後面消失。當我回頭找她的時候，看到彎著身子從警官後面跑過去的小小身軀。

看她跑到越野車，我以為她想做什麼，結果她抓著自己的斜背包開始逃跑。然後很快閃過驚訝的記者群之後就不見人影。

我想說蒂應該有辦法逃跑吧，可是正當我想到她就算跑了又該怎麼辦的時候。

「哇——！妳做什麼啊！」

從記者群後面的圍觀群眾裡發出悽慘的叫聲。是一名年輕女子尖銳的慘叫聲。

警官隊、署長以下的大人物、西茲少爺、記者們都往慘叫聲發出的方向看。

「住手！還給我！」

是同一名女子的慘叫聲。然後記者的行列「唰」地分開。

看到出現在那兒的蒂。

「啊啊……」

西茲少爺不禁發出嘆息。

「喂！妳在做什麼！」

警官大聲怒吼。

背著包包的蒂，左手竟然抱著一個嬰兒。是個還咬著奶嘴的小嬰兒。而且她右手還握著手榴彈。那是殺傷力足以把這一帶炸得粉碎，長得像一顆鳳梨的手榴彈。

而且仔細看，上面的插梢已經拉開。一旦離開蒂的手，原本握著的安全握把如果彈開的話，不到四秒就會爆炸的。原來她平常就把那種東西放在包包裡啊？

如果爆炸的話，蒂跟嬰兒都會被炸死，甚至會波及到幾名在附近的警官隊人員。至於我的話，只要趴在地面就不會有事。我心裡只想到，要是她手不小心滑掉的話代誌就大條了。不過她已經習慣在海邊以此「捕魚」，應該是不會出這種槌啦。

「不准你們妨礙我們！」

這是蒂今天講的第一句話。

「…………」

警官隊沉默不語。不久才用相當柔性的態度對眼前的少女說「喂，快住手」或「妳冷靜點」或「不要做傻事」等等。

蒂輕輕把左手上直發愣的嬰兒重新抱穩，然後前進一步。警官隊則是往後退。

西茲少爺則「呼～」地吐了口氣。

「蒂，最好不要做那種事哦。」

「…………」

蒂並沒有回答，她一步步地走近我跟西茲少爺。警官隊則是不斷後退，最後是離我們遠遠的。

「看！那孩子受到電波的影響——已經瘋了！」

署長大叫。

「隨便你們怎麼說，總之別妨礙我們。」

「…………」

沒有人接蒂說的話。

倒是往後退的警官後面——

「把孩子還給我！」

還持續聽到被制止的女子悲鳴。

重獲自由的西茲少爺走近蒂，慢慢蹲下來並撫摸笑嘻嘻的嬰兒的頭。然後回過頭說：

「署長先生，我們已經撐不下去了。因為電波的影響，我們快無法保持理性了！」

因為西茲少爺的表情非常嚴肅……

汪——

這時候我也突然像野狗那樣發出一聲遠吠，平常我很少那麼做的。雖然純屬表演，不過署長先生以下的人全都很滑稽地往後退。

「如果再待下去，我不曉得我們會做出什麼事情。或許是比昨天那個男人還要可怕的事情！」

汪——

「所以我們要出境，請各位不要阻止我們！」

汪——應該夠了吧？

「等一下！那你們也不能抓小嬰兒當人質啊——」

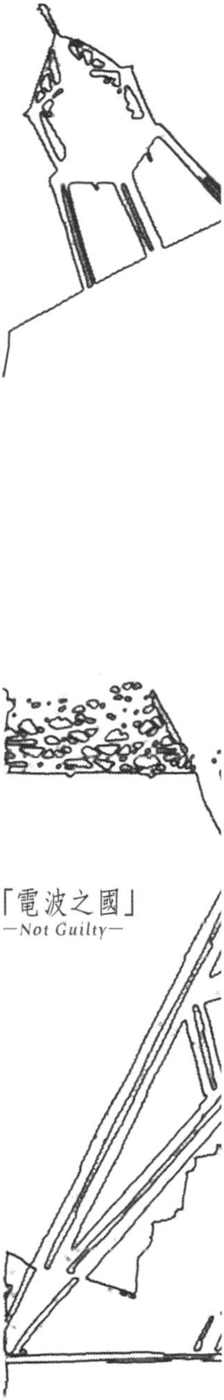

「那不然交換好了。」

西茲少爺語氣乾脆地說道。他一步步走近眼前那群男人，抓住署長的領口之後就把他拖走。

「咦？啊？等一下——快來人哪——」

在眾人目瞪口呆之下，署長被帶到蒂的面前。西茲少爺很快地把署長的領帶解開，然後把他的手反綁在背後。再用腳從他膝蓋後面壓下去，讓他當場跪了下來。

西茲少爺向蒂介紹署長。

「蒂，這個人是新人質。要是他不聽話想亂來的話，就從他胸口把手榴彈塞進襯衫裡。然後趕快躲到他背後，知道嗎？」

蒂點點頭。

「那麼這孩子就沒有用了。」

西茲少爺從蒂的手中把嬰兒抱起來。然後做了兩三次「好高哦、好高哦」地逗弄他，然後一面說：

「不好意思，也請你替我向他母親道歉。」

一面把開心的小嬰兒交給其中一名警官。

西茲少爺坐回越野車的駕駛座，然後發動引擎。他把車子慢慢開到跪在地上發抖的署長，與隨時想把手榴彈塞進他胸口的蒂旁邊。

「署長先生，陪我們到城牆外兜個風吧。請上車。」

「…………」

署長不講話，於是蒂把冰冷的手榴彈抵在他下巴說了一句：

「上車！」

「咿咿！」

署長慘叫一聲之後便搖搖晃晃地站起來，以雙手反綁的姿勢上了副駕駛座。

接著蒂硬是以跟他面對面的姿勢坐在他身上。她握手榴彈的右手繼續抵在署長的胸口，左手則握著越野車的框架。我最後是站在引擎蓋旁邊的行李架上。雖然不是很舒適，但這也是逼不得已。

「那麼各位，我們要出境了。等我們出了城門就會釋放署長先生的。在那之前會受到電波什麼影響，我們完全不確定……所以請各位小心了。」

西茲少爺大聲說完之後。

「傷腦筋。」

他一面嘆息一面讓越野車前進。

問過署長距離最近的城門，沒過多久我們就來到了南門。

可能是有知會過吧，城門是開著的。衛兵戰戰兢兢地躲在旁邊等越野車穿過城門。

這時候已經接近太陽下山的時間。來到昏暗的國境外，在不會被城牆那兒的說服者攻擊的距離，西茲少爺把越野車停了下來。

「對不起，署長先生。」

西茲少爺對冷汗直流的署長道了一聲歉。然後叫蒂把手榴彈給他，蒂照做之後——

「這個的插梢呢？」

「丟了。」

逼不得已只好把它往遠處丟。安全握把在空中彈開，發出「嗶——」的清脆聲音。接著落在草原的手榴彈毫不留情地爆炸，還轟出一個洞。

從越野車下來的署長聽到爆炸聲之後當場嚇得兩腿發軟。西茲少爺把刀插在腰際，然後把署長的領帶解開。

「你們……」

署長坐在地上看著蒂說道：

「不准你們再進入我國！也不准接近！——你們這群瘋子！我國沒有地方可以容納你們這些瘋子！」

署長的態度跟剛才完全不同，而是一百八十度的大轉變。

「知道了。就這樣吧……」

西茲少爺表情有點悲傷地說。然後對蒂指著越野車，意思要她先上車。蒂輕快地跳上車。

接著西茲少爺也坐上駕駛座，對著署長說：

「我最後再說一句話。」

「什麼話？」

「關於那個基地台……」

「那又怎麼樣了？」

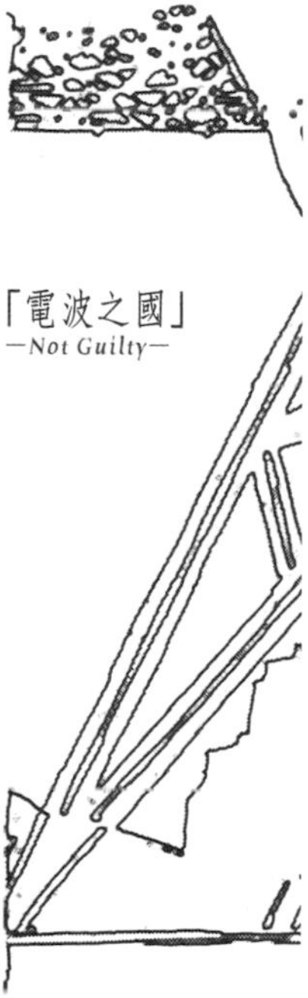

「其實照片上顯示的是舊的基地台，新的到現在仍舊在運作。而且是發出強烈的電波喲。雖然我們並沒有受到影響，但你們卻非常危險。無論是署長先生、你周遭的人們、喜歡的人、討厭的人，甚至是明天都很危險。」

「…………」

署長露出無法形容的表情沉默不語。然後——

「哈！果然是那樣！我們是正確的！」

西茲少爺繼續對開心說那句話的署長說：

「然後我們把基地台的電波輸出功率開到最大，影響將會波及全國。署長先生、你喜歡的人及全體國民都會變得不對勁。我們原想謊稱『基地台壞了』好趁機竊取這個國家，但卻失敗了。」

「…………」

署長沒有說話。

「那麼再見了。」

西茲少爺向他道別，然後發動越野車的引擎。

「我們走吧，蒂、陸。準備到下一個國家吧。」

「是。」「嗯。」

聽完回答就讓越野車往前進。

一輛越野車奔馳在紅色的草原上。

雖然沒有時間詢問鄰近有什麼國家，不過道路綿延不斷的話，總會抵達什麼地方吧。

西茲少爺開著越野車，蒂還是一直忙著四處張望。

「不曉得署長最後聽不聽得懂西茲少爺說的話？要是明天以後都沒發生事情，他們真的會相信電波不會對他們造成影響嗎？」

我詢問西茲少爺。西茲少爺回答：

「不知道──要是能像電波那麼簡單傳達就好了。」

越野車繼續奔馳在紅色的草原上。

第五話
「日記之國」
—Historians—

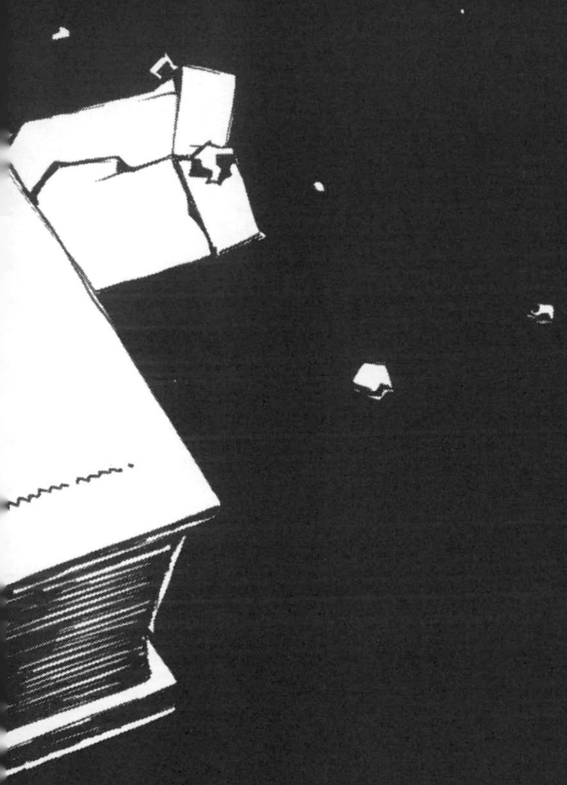

secret
Diary

第五話「日記之國」

—Historians—

五七三年葡萄月二十四日．晴　艾蜜莉．史普林菲爾德

今天在學校發生了一件令人開心的事。

有個旅行者來我們學校。那個旅行者是其他國家的人，而且一直四處旅行。

她是在前一天入境我們國家的。因為偶爾遇見校長先生，於是受邀來我們學校。

當她進來教室的時候，讓我們感到非常驚訝。那位旅行者看起來跟十五歲的我們差不多年紀，相當年輕呢。

剛開始還以為她是大哥哥，結果是一位大姊姊，這點也讓我們非常驚訝。

她的名字叫做奇諾。她說自己旅行的交通工具是摩托車，但是今天無法跟她一起過來。

而令我們感動的是，奇諾這一路上都是獨自旅行。

聽說國與國之間沒有任何東西也沒有半個人。想不到她竟能在那種環境獨自旅行，想必一定很辛苦。奇諾也說「辛苦是一定有的，而且還得設法自己解決呢」。

我心想，幸虧我們在這個國家跟爸爸媽媽住在一塊，才能夠活到現在。

我覺得從奇諾身上學到最重要的事情，就是長大後要當一個了不起的人，然後要隨時隨地幫助別人。

五七三年葡萄月二十四日．晴　吉恩．修密特魯賓

今天有旅行者來學校，我好興奮哦。

旅行者的腰際還佩帶了一把很酷的說服者。是一把又大又重，黑漆漆又好像很厲害的說服者。

想必旅行者一定是為了用它打倒壞人才帶著它四處旅行吧。畢竟旅行是會遇到很多危險的狀況。

但是我覺得旅行者很小氣又討人厭。我曾求她「把說服者借我看」，但是她卻用「很危險」這句話來搪塞，完全不借我看。

「日記之國」
—Historians—

我常常在電影上看到說服者，所以非常了解。像我用我的玩具說服者「超級巴金森」都能百發百中呢。

我們班上雖然有二十個人，但是我的技術卻是最好的。結果她卻說一句「很危險」就不讓我拿，我覺得她真是大錯特錯了。我還覺得她一定有什麼地方誤會了。

媽媽曾跟我說做人不能太小氣，因此她常常去教會幫忙發送麵包。我也有幫忙。

我覺得既然旅行會讓一個人變小氣，這樣的話就不應該旅行了。

五七三年葡萄月二十四日・晴　凱莉・修泰亞

今天的早餐花了我不少時間。

學校今天發生了驚天動地的事情。有一個旅行者來學校觀摩。所謂的旅行者就是沒有住在自己的國家，然後到處旅行的人。

那個人叫做奇諾，她留著一頭短髮。

明天是我的生日，我跟媽媽說想要剪短頭髮。但是媽媽說「女生不能剪短頭髮」。

但是我看到奇諾的頭髮是短的。所以我就不明白為什麼我不能剪短髮。

「日記之國」
—Historians—

於是回到家之後我跟媽媽說，媽媽卻這麼回答我。
她說「女生不留長頭髮會嫁不出去的」。我說「我現在是小孩子，還沒辦法結婚」。
結果媽媽摸著我的頭髮說：
「長頭髮可以綁各式各樣的髮型啊。」
我想這才是媽媽要我留長髮的真正理由。
可是我總覺得為什麼奇諾就能留短髮，這樣很不公平。這時候爸爸下班回到家裡。
「留長頭髮比較可愛喲！」
爸爸如此說道。可是和可愛比起來，我反而比較喜歡酷酷的樣子。
今天的晚餐是奶油焗飯。因為很燙，我只好拚命呼氣把它吹涼。

「各位同學，以上就是昨天負責寫日記的三位同學所寫的日記。他們三位都寫了旅行者來我們班上的事情。老師感到非常開心——那麼，老師來發表哪一個比較適合當『共同日記』。今天老師選的是艾蜜莉同學的日記。讓我們為艾蜜莉鼓鼓掌吧——好了，那老師等一下會把她的日記影印好發給大家，請你們記得貼在自己的日記上面。要是沒黏好可是會掉下來，所以要把它黏牢哦。」

「老師！」

「什麼事呢，吉恩同學。」

「我不喜歡把別人寫的日記貼在自己的日記上！」

「你怎麼突然說這種話呢？大家都是好同學，當然要擁有共同的回憶啊。」

「可、可是我從以前就這麼覺得！日記不是寫的人，呃……把當天發生的事情寫下來並發表感想嗎？老師不也那麼說嗎？」

「我的確那麼說過，你說的一點也沒錯。所以才要把班上共有的美好回憶寫在日記上，等到長大再翻閱的時候就能夠回想起大家曾經共同經歷過的事情，這才是最重要的。為什麼你就是不明白呢？」

「這、這麼說！我就不能擁有屬於自己的回憶嗎？我、我覺得每個人對往事的想法各有不同！」

「……各位同學，看來班上出現了一位不聽老師的話又非常惡劣的小朋友。我們班上有個想法愚蠢又頑固的惡魔小孩。你們知道是誰嗎？——沒錯，就是吉恩同學。吉恩同學是非常壞的小孩。大家千萬不要跟他一樣變成愚蠢的小孩——吉恩同學，你現在去走廊上罰站。等一下再去教職員辦公室找我。」

＊　＊　＊

六二五年果實月九日．陰　漢斯．修密特魯賓

今天學校放假，所以就跟奶奶一起整理爺爺的遺物。奶奶還對我說「謝謝你肯幫我的忙」。

我找到一本爺爺小時候寫的日記，於是翻開來看。

爺爺在裡面記載某一天有個旅行者去了他的學校。

爺爺非常佩服那名旅行者。我對他裡面寫的「她獨自努力旅行真了不起，所以我也希望能夠多多幫助人們」這句話覺得非常感動。

爺爺他是個大好人，奶奶也「嗯」地回答我。

我也希望自己能像爺爺那樣。

可是爺爺對自己的稱呼好混亂哦。而且字有時候寫得很整齊，有時候也很潦草。讓我覺得很不可思議。

完。

第六話
「保護自然之國」
—Let It Be!—

第六話「保護自然之國」

—Let It Be!—

荒野的正中央有一輛車在奔馳。

放眼望去只有土黃色岩山及砂石的不毛之地不斷往前延伸。頂上還有萬里無雲的蔚藍天空跟無情炙熱的太陽。

在那種場所一面捲起長長的沙塵一面孤單行駛的，是一輛又髒又破爛又小的黃色車子，感覺好像隨時會拋錨。排氣管時而冒出黑煙，行進在分不清是否是碎石子的泥土路上。而掛在嘎噠嘎噠搖晃的車體旁邊、充滿裂痕的後照鏡好像隨時會掉下來。

「這種環境的前方真的有國家嗎？——我們該不會被那個旅行者捉弄啦，師父？」

在右側駕駛座的男子開口問道。他是一名個子略矮但長相俊俏的年輕人，他雙手握著細細的方向盤，慢慢修正方向讓車子筆直行駛。

「有的。」

毫不客氣回答他的是坐在副駕駛座，留著一頭黑色長髮的妙齡女子。

兩人都穿著質料較薄的長褲跟白色長袖襯衫，至於袖口跟胸口都是敞開的。女子戴著墨鏡，男子頭上蓋著白布並且用細繩綁在額頭，看起來有幾分像當地人。

「妳挺有自信的嘛，可是憑什麼根據呢？」

面對男子的質問，名喚師父的女子自信滿滿地回答：

「不需要什麼根據。」

「不過天氣很熱耶……師父。」

抓著方向盤的男子說道。

「拜託不要再說了。」

副駕駛座的女子責備他。

小車像融入烈日之中，嘎噠嘎噠地行駛著。天空的太陽也毫不留情地照射，把車頂跟引擎蓋曬得發燙。雖然有風從窗外吹進車內，但還是熱到不行。

男子用從頭上垂下來的布擦拭額頭的汗水。女子戴著映照出天空的墨鏡，假裝一本正經地沉默不語。

「什麼也看不到耶……不曉得今天之內是否趕得到呢？」

「今天到不了就看明天，後天到也無所謂。反正燃料應該夠用。」

「話是沒錯啦……」

男子瞄了一眼後座。除了平日的行李之外，還擺放了裝滿汽油的大鐵罐。

時間不斷地流逝，眼看黃昏就快降臨荒野。太陽雖然已經開始下山，但還是很熱。果然除了沙石跟岩山以外，放眼望去啥東西也沒有。車子則拖著長長的影子筆直前進。

「師父……稍微休息一下好不好？」

駕車的男子一臉疲憊地說道，女子回答：

「還不行，等太陽下山再說。」

「又不用太趕……」

「如果那位旅行者說的屬實——我們應該沒時間可以浪費。」

「話是沒錯啦，可是……那也要一切都是真的啊！」

男子面向副駕駛座的女子。

這時候女子轉向男子並摘下墨鏡，露出她難得一見的微笑。

「…………怎麼了？」

男子慌張地詢問。

「目前看來好像是真的呢。」

聽到女子這麼說，他連忙往前方看。

「哇喔……」

男子感動地發出叫聲。

「真的有耶……」

原來他視線的前方出現綠色的東西。只見在車子行進方向的綠色團塊從地平線下方慢慢往上升。那個綠色團塊經過仔細看過之後，確定是樹木的枝葉。

而且它是唯一僅有的樹。從這麼遠的地方都能看出它是棵相當大的樹。它的寬度比高度還大，枝葉像一把傘般大大展開。

「『從未見過巨大到令人無法相信的樹』……我竟然懷疑那位旅行者，在此致上深深的歉意。」

男子對不在場的某人道歉。

「好了，快點過去吧。」

「了解！」

男子用力踩下油門回應女子的話。這時候引擎聲大作，後輪撞了地面一下便往前衝。但是也沒有提升多少速度。

正當寬廣的天空染成紅色的時候，兩人終於抵達了湖畔。車子剛好停在懸崖上。

從那裡就可以觀賞到那棵樹的全貌，它有如一把巨大的綠傘。

那棵樹位於島嶼的中央，那是一座平坦的島嶼。四周有將它團團圍住的石砌城牆，不過看得見裡面的城市。那座島的規模就那麼一丁點大，因此產生那棵樹比一般樹木還要大的錯覺。但同時高大的城牆就像是一道圍著花圃的煉瓦，所以那棵樹的巨大就顯得更引人注目。

至於環繞島嶼的湖就像海洋一樣，大到連對岸都看不見。一直綿延到彎曲的地平線另一端。平穩的湖面映照出天空的顏色並閃閃發光。

「好漂亮哦～」

「真壯觀。」

兩人下了車之後，凝望那片景色好一陣子。

不久男子讓車燈嚓卡嚓卡地閃爍。接著就看到一艘小船從島嶼駛過來。

於是兩人再度回到車上，順著懸崖的陡坡下來到湖畔。那兒有個用開採的石頭造成的棧橋。

靠過來的是能夠搭載十人左右的漁船。船身隨處可見修補的痕跡，使用年限應該是快到了。從上面走下來兩名做捕魚裝扮的男人。

雙方打過招呼之後，女子表明他們是聽到巨樹的傳說慕名而來，希望能讓他們以觀光的名義入境。

「真是太好了，那說什麼也要讓兩位參觀參觀。」

那兩個男人很爽快就答應了。

由於車子上不了船，於是女子跟男子只帶了行李上船。雖然這地方人煙稀少，但男子還是在寶貝車子裡設了機關。只要有人想偷走這輛車，整個車身就會發射出子彈。

接著兩人上了船，渡過湖面登陸那座島嶼。正當他們穿過城門的時候，太陽早已西下，天空開始閃爍著星星。

因為四周一片漆黑，什麼也看不見。

「既然這樣，有什麼計劃也只能等明天再說了。」

「沒錯，而且我今天也累斃了。」

兩人便投宿在城門附近的旅館，而且倒頭就呼呼大睡。

隔天。

在早晨眩目的陽光中，可以從旅館的窗戶清楚看見那棵巨樹。

它的位置相當遠，位於步行至少要一小時的國內中央部。但是因為它真的很大，彷彿一打開窗戶把手往前伸就能觸碰到它呢。

「看樣子在這個國家隨處都可看見那棵樹呢。」

用過早餐之後，兩人在嚮導的帶領下走在晨間的馬路上參觀市區。

這國家內部的配色跟荒野是一樣的。道路跟房舍都是利用開採而來的石頭堆砌組合而成。

狹窄的道路不見任何汽車，只看到健壯的短腿馬匹喀噠喀噠地拉著馬車。寬廣的國內還有田地及牧場。

「正如兩位所看到的，我國建立在這座島嶼上。根據傳說，我們很久以前在荒野流浪的祖先發現到這兒的湖、島嶼跟樹之後才定居下來的。這個地方有水源，又可抵擋外來的侵略，而且還有一棵遮蔽強烈陽光的大樹。想必祖先們發現這個地方的時候，一定非常驚訝吧——順便一提，那棵樹並沒有名字。我國國民就只叫它『樹』。」

「咦？那是為什麼呢？」

男子驚訝地問道。

「應該是這裡沒有長出其他的樹吧？」

走在旁邊的女子說道。嚮導回答：「一點也沒錯」。

啪！

「原來如此！」

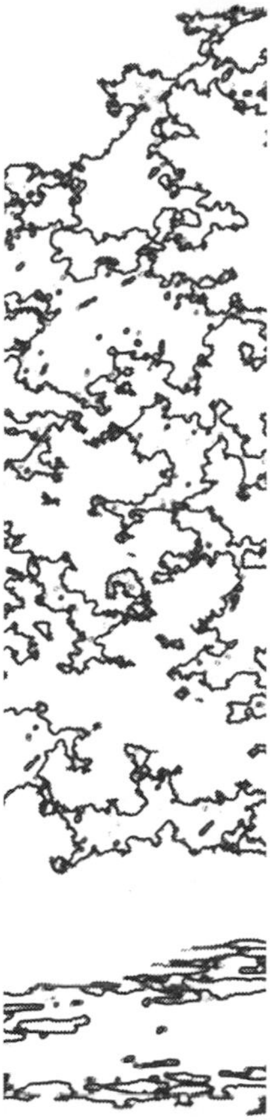

男子佩服地握拳擊掌。

「正如你們所看到的，長在這有如荒野的大地的草，無論花多少時間都比人還要低。這樣的環境根本就不可能自然長出那樣的巨樹。因此這根本就是奇蹟。到底它的樹齡有多久，我們也無法估測。」

嚮導邊走邊說，而且語氣顯得越來越激動。

「因此樹不僅是我國的象徵，也是全體國民的心靈寄託——是靈魂所在！我們生老病死都是抬頭看它過活。我們活著就是要愛惜獨一無二的大自然之母，在這片灼熱的大地孕育出來的影子！」

跟在嚮導後面的男子跟女子，只用「是」或「天哪」的普通方式回應。

「大自然！豐富的大自然與人類！大約一百年前，我們制訂了『保護自然法案』，決定用法律守護樹到底，而我們也因此受到保護！因此紮根大地的力量讓我們的生活被大地所填滿！那是我們僅有的綠意！天空永遠不會改變的！而且從右手邊看到或感受樹的存在也是天經地義的事！」

嚮導雖然講得很激動，但是已經搞不懂他在講些什麼。

跟在嚮導後面的男子跟女子，只得「是嗎？」或「真了不起耶」地適當回答。

不久三人來到巨樹附近。由於那兒有一道高牆把樹圍起來，因此根本看不到它的枝幹。

雖說他們的距離已經很近，但是從牆壁到枝幹還是有相當的距離。只是說抬頭的話只看到綠葉，枝幹則像雨傘那樣延伸，感覺好像一座山呢。

「哇……好巨大哦……」

男子抬著頭說道。

「可是……我們無法再前進了。」

嚮導露出悲傷的表情，而且有別於剛剛激昂的言詞，這次用的像是參加喪禮的語氣。

「基於自然保護法的規定，目前已經禁止禁入這道牆的後方。要像過去那樣躺在樹下睡午覺，享受從枝葉灑下的陽光，那是不可能的事了。」

「為什麼呢？」

男子問道。

「因為樹很可能隨時斷掉或倒下對吧？」

女子再次回答。嚮導點著頭說「沒錯」。

「那麼我們去參觀牆壁的另一頭吧。」

嚮導沿著牆壁走了沒幾步路便爬上位於那兒的樓梯。然後三個人來到牆上類似瞭望台的地方。從這兒可看到中央的樹幹。

「哎呀呀！」

男子在看到的那一瞬間發出叫聲。

從那兒所看到的巨樹樹幹，粗得讓人聯想到超高層大樓。它挺拔地聯繫大地跟枝葉。不過仔細一看，它的樹幹並不是圓的，而是由許多粗樹幹纏繞而成的。

只是樹幹都腐朽了，到處都可看見黑洞。橫向延伸的粗樹幹下方有幾十幾百根石頭堆砌成的支柱。之前從遠處眺望的時候並不曉得它是這麼一副慘狀。

「真是滿目瘡痍呢。」

男子說出他的感想。

「正如你們看到的……枝幹從幾十年前就開始腐爛到現在，也頻頻發生粗枝幹整個折斷掉下來的情況。因此現在就用石柱撐住枝幹，而且基於保護大自然與防止危險的觀點，便像這樣築牆不讓任何人接近。」

嚮導語重心長地述說。

「那枝幹掉下來的話，似乎很不妙呢。」

對於男子的話，鄉導回答：

「以前這牆壁的內側……也就是枝幹下方，原本有房屋跟公園的。可是幾年前因為粗枝幹斷裂落下，把一條馬路整個壓爛，還造成一百二十五人死亡。」

「真可怕。」

「自從它的損傷越來越醒目，我們用盡一切努力要守住這棵樹。不過看樣子未來只能夠聽天由命了。」

「難道它沒有長出新的嫩芽嗎？」

男子問道，鄉導卻搖搖頭說：

「樹雖然每年都有結出種子，但是落下來的種子全都死掉。畢竟在這堅固的大地是無法成長的。我們也試著把種子種植在水邊，也施過肥料，做過各式各樣的努力，但還是沒有用。」

「這樣的話，這棵樹是怎麼成長的呢……？」

男子質疑地詢問。

「這是個謎，永遠的謎。」

嚮導如此回答。

「這棵樹還有種子嗎？」

女子突然開口說話。嚮導對她的問題感到訝異，但還是點著頭回答：

「咦？有的，今年也有種子。」

「既然這樣，應該是沒問題才對。」

女子如此說道，但她沒有明說是「什麼」沒問題。嚮導還歪著頭詢問「什麼啊？」

「謝謝你帶我們參觀這麼了不起的景觀。也請你們繼續愛惜這棵樹。」

女子話一說完——

「那是當然！」

嚮導堅定地點頭回答。

黑髮女子跟她的男伙伴在那個國家停留了兩天左右。

他們飽食取自湖裡的鮮魚料理，男子悠哉地在湖畔釣魚，女子則優雅地看書。有時候抬頭望，

只見巨樹依舊矗立在原來的地方。

入境後第三天早上，在晴朗的天空下，兩人乘著船回到依然如故的車子停放處。然後男子把車上的機關撤除。

兩人道過謝之後便跟那國家的人告別。破破爛爛的小車爬上坡道，跟當初來的時候一樣停在可清楚看見那國家的懸崖上面。

「真是絕景呢。」

男子下了車之後眺望湖泊、島嶼、國家跟樹。

女子也跟著下車，一語不發地眺望眼前的景色。

兩人在晨風吹過的荒野站了好一陣子。中間夾著車子的兩人前方，只是矗立著那棵好大好大的樹。

不久男子開口說：

「師父。」

「什麼事？」

「那棵樹不久會倒吧?」

對於這個問題——

「大概還能撐個半年吧。」

女子立刻回答,而且用極為乾脆的語氣。又說:

「正如那個旅行者所說的,不久我們再也看不到這個風景了。」

「真是可惜。」

男子真的感到很惋惜。

「可是——」

女子突然冒出否定的言詞,男子轉頭望著她看。

「倒下的樹應該會冒出新芽吧?」

「咦?這話是什麼意思?」

「樹倒了以後會因為風吹雨打而腐爛,但是那對新芽而言卻是溫和的養分,也是最適合的苗床喲!」

「啊啊!原來如此!」

「或許那棵樹正在以這種方式發芽,聚集許多枝幹之後又將長成一棵巨樹呢。只是不曉得這過程需要幾百年或幾千年的時間。不過這樣的話就能在短短的期間迎接另一個重生呢。」

「這麼說，就算樹倒了也無所謂囉？那國家的人非常愛護那棵樹。想必不久它的周遭就會變成一片綠意呢。」

男子很開心地說著，女子也點頭表示贊同。然後說：

「不過，那我們應該就看不到了。」

「不過，那我們應該就看不到了。」

老婆婆這麼說道。

「我想看看那個景象！總有一天！我要去看那棵長著嫩芽的大樹！」

少女的眼神閃著光芒。

*　*　*

「漢密斯你不記得這個故事嗎？那時候的漢密斯……好像在睡覺吧？還是在外面啊？」

一輛摩托車在荒野奔馳。其後輪兩旁跟上面，堆滿了行李與燃料罐。

「我沒有印象喲，奇諾。」

名喚漢密斯的摩托車回答騎士。

名喚奇諾的騎士身穿棕色大衣，還把過長的下襬捲在雙腿上。頭上戴著附有帽沿跟耳罩的帽子，還戴著防風眼鏡，臉上纏了防塵用的頭巾。

摩托車在晴朗的天空下奔馳。

「所以囉，知道我們越來越接近那個國家，我可是很高興呢。」

「是嗎？」

漢密斯簡短回答。

「可是，呃——我們應該是看不到那棵大樹吧？」

奇諾點點頭。

「那樣也沒關係。因為我想看的是『師父他們看不到的景色』。」

「所以妳才跑來這裡，奇諾妳也真是個好奇寶寶呢。」

「我還特地挑冬天來，這樣就不會像師父當時因為炎熱而感到困擾呢。」

「我們不是行經這一帶的時候才碰巧知道離那個國家很近？這應該算是撿狗論吧？」

「……你是說『結果論』？」

「沒錯，就是那個！」

說完漢密斯便沉默不語。

「其實漢密斯，我在上一個國家買了一袋花的種子呢。」

「哎呀，妳什麼時候買的？」

「我還特地選那種長在水中，還會飄浮在水面開花的那種。要是把那種子給那個國家的人，讓他們在大樹旁邊用水槽建造花圃的話，應該會很開心吧。」

「要送給他們？真難得妳會做這種事呢。」

「我要用賣的。」

「是嗎？可是妳也看不到環繞那棵樹的花圃喲。」

「我是無所謂啦。」

「喔——」

隔天早上，奇諾跟漢密斯來到能夠俯瞰湖面的山崖。

湖寬到看不見盡頭，然後還有一座大島。

「跟師父說的一模一樣……」

「可是那個圓頂物體是什麼？」

正如漢密斯所說的，島的中央……也就是國家的中央有個大型的石造圓頂物體。看起來很像是一顆從國家內部浮上來的巨蛋。

奇諾歪著頭說：

「那是什麼啊……？照理說那裡應該有一棵樹……難不成那下方是植物園或什麼來著？」

「反正過去看不就知道了？——不過可別把我丟下哦。」

奇諾閃爍漢密斯的車燈打暗號，不久有一艘小船從島嶼往這裡開過來。

奇諾利用跳板讓漢密斯上船然後渡湖。

入境許可很快就發下來，奇諾開始騎著漢密斯在國內跑。她把行李放在旅館的房間裡，從窗戶可清楚看到那棟圓頂建築物。

奇諾騎著漢密斯朝國家的中央部去。行駛在石板路，巨大的圓頂建築物慢慢往上升並離她們越來越近。

「歡迎歡迎，旅行者！」

嚮導出來迎接奇諾跟漢密斯。那兒是圓頂建築物前的廣場。奇諾從漢密斯下來，抬頭仰望圓頂建築物。它是利用開採的石頭堆砌而成，沒有一絲縫隙又莊嚴的建築物。而且隨處都可看到採光良好的小窗。

「這裡好大哦。」

當奇諾說出她的感想，

「是的！這是我國的驕傲！」

嚮導開心地回答。

「可以讓我們參觀一下裡面嗎？」

漢密斯問道。

「當然可以！那是我國的驕傲！象徵！心靈寄託！靈魂所在！——請兩位務必進去參觀，請跟我來。」

奇諾推著漢密斯跟在嚮導後面穿過圓頂建築物巨大的入口。

穿過小型照明而顯得昏暗的通道，接下來是一小段坡道。嚮導也過來幫忙推漢密斯。

這時候兩個人跟一輛摩托車來到了能夠俯瞰圓頂建築物內部的瞭望台。看得出來內部相當寬敞，但因為有些昏暗而無法確實了解內部的樣子。

嚮導敲了幾下他旁邊的鐘，內部便響起沉重的音色。

不久，內部開始逐漸明亮。用來遮光線的百葉窗一一被拉開，射進好幾道細長的光線。

「兩位請看！」

嚮導發出驕傲的聲音。

至於奇諾跟漢密斯——

「…………」「…………」

則默默看著眼前的景象。

粗壯的樹木已經倒了，至於樹枝則四處散落在地面。而且也不見任何綠葉，只剩下乾枯到變成灰色的枝幹而已。還看見棕色的石頭上有條灰色巨蛇在蠕動。

「…………這是什麼？」

奇諾問道。

「這是我國之魂！」

嚮導回答。

「這我知道，不過這是什麼『物體』？」

「喔～這是過去在這片土地紮根的樹。由於這國家沒有其他樹木，因此就只稱呼它為『樹』。它就像你們看到的那麼巨大，過去直立的時候可是比這棟圓頂建築物還要大的巨樹呢。」

嚮導口若懸河地解釋。

「那怎麼會變成這樣呢？」

漢密斯問道。

「是的！請讓我為你們說明！——那是幾十年前的事了。被我們祖先發現到並棲息在這片土地的樹，在結束它漫長的一生之後便倒在大地上。這件事讓我們非常傷心。可是我們還是遵守自然保護法，決定要永遠永遠守護它。」

「…………」

「嗯嗯，然後呢？」

「於是我們用這圓頂建築物蓋住樹。為了不讓它受到陽光強烈的曝曬跟風吹雨打！雖然工程非常困難，但我們還是成功地建造起來。就這樣，大樹在往後的幾十年依然存在，而且以那種模樣呈現在我們面前！」

「…………」

「原～來如此。」

「樹就這樣結束它的生命，固然是件令人悲傷的事情。不過，能夠永遠保有它曾經活過的證據，算是我國之幸呢！無論世代如何轉變，這棵樹都會像這樣永遠是我國的象徵！」

嚮導把雙手張得大大地，然後結束了他的演說。

接著他看著面露複雜表情的奇諾，訝異地問：

「請問妳怎麼了，旅行者？」

第三天早上。

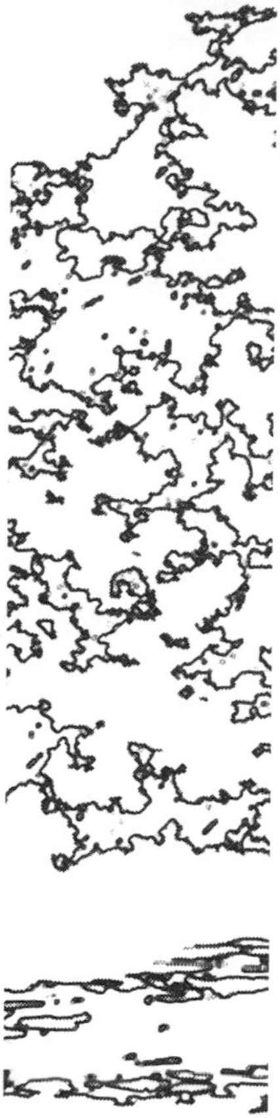

「真是想不到……」

目送載她們到岸邊的船，奇諾喃喃地說道。

「還是很有趣不是嗎？那個圓頂建築物只是用石頭堆積而成，能夠在沒有一根柱子的情況下建造出那麼大的建築物，算是很了不起的建築技術喲！我真的好佩服他們，幸好有來這個國家！」

「喔——」

奇諾斜眼看了一下開心的漢密斯，然後把帽子戴上。

「奇諾，之前妳說的那些種子呢？」

正準備跨上的時候，漢密斯突然開口問這個問題。

「喔～你說這個嗎……」

奇諾拉開大衣，從夾克的口袋拿出一個小紙袋。

她撕開紙袋，從裡面滾出幾顆小種子在她戴了手套的手掌上。

「這些東西我已經不需要了……」

奇諾把手握起來，然後把視線移到湖面。

「喔，妳要丟進湖裡嗎？」

「我是不知道會不會開花啦。」

「可是有試試看的價值喲！」

「那就試試看吧——」

奇諾把手用力一揮——

「嗨咻！」

便把那些種子投進湖裡。種子一面散開一面畫出拋物線，還在湖面激起許多漣漪。

接著水面揚起激烈的浪花。

下一刻魚群就把種子全吃掉了。

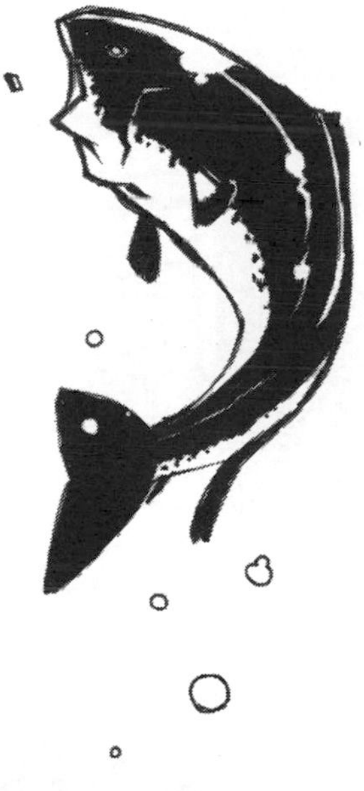

第七話
「商人之國」
—Professionals—

第七話「商人之國」

—Professionals—

一輛摩托車奔馳在冬天的荒野。

這裡是硬石與岩丘連綿不斷的不毛之地。颼颼的冷風還捲起棕色的小旋風。氣候一點也不潮濕，天氣非常晴朗。微弱的太陽掛在天空，氣溫則大幅降到冰點以下。

摩托車在沒有道路的大地前進。後輪兩側掛著箱子，上面放著包包。並堆放了睡袋、燃料與水罐。為了不讓水結冰還特地減少水罐裡的水。

騎士穿著厚厚的禦寒衣。有棕色的厚上衣與長褲。頭上則戴著附有圍巾的禦寒帽，左右兩側的耳罩把她的臉頰整個蓋住。她手上戴著厚手套，臉上圍著圍巾，眼睛戴著黃色的一片式防風眼鏡，看不出她的表情。

然後身體前面用皮背帶揹著一挺裝有瞄準鏡的步槍式說服者。

「好冷。」

騎士說道。聲音是透過圍巾傳出來的。

「這應該是第四十五次了吧？」

摩托車說道。

「好冷好冷好冷好冷好冷……」

「喔，是嗎？」

「……你很無情耶，漢密斯。」

騎士如此說道，名喚漢密斯的摩托車立刻回答：

「明知道會冷還跑到這種地方來，奇諾妳還真是有夠好奇耶！」

名喚奇諾的騎士回答「是沒錯啦」。她們行走的大地表面都是石頭，不得不把速度跟檔速降低。

漢密斯繼續說：

「妳千辛萬苦跑來這裡，要是前面沒有那個國家，那不就是『徒勞無功』了？」

「……嗯？你沒用錯成語耶。」

「妳真沒禮貌耶——而且，要是找不到國家又無法補充燃料，鐵定沒有足夠的燃料穿過一片荒野喲！」

「我知道，所以才會像現在這樣不浪費一點時間地拚命前進啊！」

「嗯——要是浪費的話，燃料就真的不夠用呢。」

「反正確定沒有國家的話，再回去剛剛離開的國家不就得了？反正我有事先計劃好啦！」

「這樣很麻煩耶——」

「還是說要當個『獨當一面』的旅行者繼續前進呢？」

「什麼獨當一面啊？」

漢密斯嘮叨地說。

「就是當個『獨當一面』的摩托車，一面發牢騷一面往前跑。」

「那倒是真的。」

漢密斯說道。

接近初冬的黃昏時分，太陽幾乎已經西下。荒野四處散落著跟房屋差不多大的岩石，而且還以同樣的角度拉出長長的影子。

這時候漢密斯對不斷在岩石間穿梭的奇諾說：

「差不多該休息了吧？我想今天要抵達那個國家是不可能了。」

「再騎一會兒吧。」

「第六次。」

「……那不然上了前面那座山丘，要是再看不到什麼就確定放棄。」

「了解！」

奇諾跟漢密斯爬上到處都是岩石的山丘，登上山頂後正準備迎向前方開闊的視野時——

「奇諾！停車！」

「唔！」

奇諾聞言立刻緊急剎車，後輪一被鎖死就揚起沙塵往旁邊打滑。距離停下來的漢密斯不遠處，

突然有輛卡車從一顆岩石旁邊冒出來。

「哇！」

隨著豪邁的剎車聲與揚起的沙塵，緊急停在驚訝的奇諾面前。那是一輛有六個輪胎的大型越野

卡車。奇諾抬頭看高高在上的駕駛座，握著方向盤的年輕男子則是瞪大眼睛僵在座位上。

「真是非常抱歉——若不是奇諾妳們先發現而停車，我們險些就在這荒野發生車禍。要是真的撞上的話，不僅對雙方都不好，而且說得難聽點，這輛卡車也不可能毫髮未傷呢。」

男人說道。他年約五十歲，是個瘦高的男人。穿著連帽的圍巾與灰色短外套。

「請不要再對那件事耿耿於懷，況且你們還請我吃這麼豐盛的東西呢。」

奇諾答道。在黃昏微暗的天空下，穿著禦寒衣的奇諾坐在折疊椅上，手中握著的茶杯裝有冒著熱氣的茶。而漢密斯則是用支架立在她後面。

而奇諾面前擺了野外用的烤肉架。燃燒的木炭發出火光跟熱氣，鐵網上則烤著狀甚可口的肉。

奇諾對面坐著向她道歉的男人，以及看起來跟他同年齡層的太太也穿著短外套坐著。兩人後面則停放著剛剛差點跟她相撞的卡車。

卡車高高的載貨架上有欄杆，那裡站著兩名各自持著步槍監視的年輕男子。

其中一名是剛剛受到驚嚇的司機，那兩人都是商人的兒子。步槍配有綠色的強化塑鋼槍托及大型二十連發的彈匣。上面還配備高倍率的瞄準鏡，跟奇諾的步槍一樣能夠做長距離的射擊。

「奇諾也要去那個國家嗎？」

男人把頭轉向右邊說道。奇諾他們所在的地方是山丘的頂端，往下看去前方大地有一處龐大的黑色剪影。那座圓形城牆的剪影代表那兒有個國家，從中隱約可見如繁星般的人工燈光。

「是的。我們聽說荒野裡有個小國，於是很想過去看看——你們也要去那裡嗎？」

啜著茶的男人點頭回應。漢密斯問：「你們去那裡做什麼？」

「抱歉現在才跟你們說，其實我們是商人。我是跟妻兒全家人從這兒往北方的某大國來的。平常都在我們國家及附近的國家往來行商，這還是我們第一次去那個國家看看。」

奇諾對男人的回答感到有些訝異。

「我在前一個造訪的國家聽說那個國家幾乎沒什麼人知道，而且也沒什麼人造訪。可是你的國家怎麼會對那個國家這麼清楚呢？」

男人搖搖頭說：

「不是的。正如該國的人所說的，那個國家真的是個秘境喲。在我的國家知道那裡的，大概也只有我一個吧。」

「知道除了自己以外還有人要去那個沒人去過的國家，奇諾的心裡一定覺得很嘔吧。」

奇諾沒有理會說這句話的漢密斯，然後又詢問那個男人：

「如果可以的話，能否告訴我你怎麼會知道那個國家呢？」

「可以啊，很簡單。」

男人回答。

「因為我是在那個國家出生的。」

奇諾邊吃豐盛的晚餐邊聽男人說著。

男人是在那國家出生的。而且相信自己一定會在那裡過一輩子。

但是二十歲那個時候，自己突然非常嚮往外面的世界，而且無法壓抑那種渴望。結果他不顧眾人的阻止就離開了國家。

「這就是所謂的『黏少青黃』吧。」

「……你是說『年少輕狂』？」

奇諾問道。

「對，就是那個！」

說完漢密斯就沉默不語。商人繼續說：

「一點也沒錯，我真的是太衝動了。當時的我就算曝屍在荒郊野外也不足為奇。」

我在許多國家四處流浪，最後因為喜歡北方某個國家，就暫時在那裡設籍。後來我決定當一個在各國之間往來的商人，並且拚命工作。之後結了婚，組了自己的家庭，事業也非常成功。

「然後到了今年，我終於決定要回去出生的故鄉——我猜我父母已經不在人世了，加上我又沒有兄弟姐妹，應該是沒有人認識我。但是我還是想讓國人看到我已經變成『獨當一面』的商人。」

「你該不會基於對故鄉的情誼，想要免費分發車上的貨物？」

漢密斯問道，男人斬釘截鐵地否定。

「不，不是那樣。我是個商人，商人的工作就是販賣東西。我以商人的身分光榮回鄉。進入那國家之後，我打算要好好做買賣。」

「真是遺憾哪，奇諾。沒機會A好康了。」

漢密斯說道，奇諾輕輕轉頭瞪了漢密斯一眼。然後——

「你們人類的話，這時候應該是大模大樣地聳聳肩吧。」

漢密斯說道。

奇諾再次轉向那個男人說：

「我原本想在那個國家購買燃料的，只是不曉得你這兒有沒有？如果有的話，那我們就不用再折回前一個國家補充燃料而直接穿過荒野。要是我把打算在那國家賣的東西脫手的話，就能夠拿那些錢付給你。」

「喔，我這兒有哦。卡車的預備燃料很暢銷呢。既然這樣，我先把要賣妳的量先保留下來。那就這麼說定了哦。」

「這下可幫了我不少忙。」

「別這麼說，我這也是在做買賣——不過老實說，不曉得那國家的人們會不會向我購買外來的物資呢。」

就算是那樣，男人還是開心地說道，漢密斯問他：

「到時候怎麼辦？要是他們說什麼也不需要呢？或者要你免費提供呢？」

「我就把燃料賣給奇諾，然後摸摸鼻子離開。在知道做不成生意的時候毅然決然改變主意，也是『獨當一面』的商人應有的態度，總不能免費送給人家吧。不管對方怎麼要求都會堅持到底。」

「這樣啊——」

「不過真的是急不得。我今天就是太急著想趕在太陽下山前入境。結果連奇諾妳們也要等到明天才能入境。」

「好期待明天的到來哦。」

奇諾說道，男人開心地點頭說：

「的確很令人期待——商人在入境的前一天晚上都會興奮不已呢。」

奇諾也點頭表示贊同。

「旅行者也是。」

隔天早上，奇諾跟著黎明起來。

「唔——好冷！」

她從帳篷裡的睡袋爬出來，穿著禦寒衣戴著禦寒帽，並戴上手套，然後手持著名喚「長笛」的步槍出來。

那裡是極冷極乾燥的世界。青白色的天空萬里無雲，還殘留著許多明亮的星星。奇諾一吐氣就冒出又白又長的煙。

奇諾往停在附近的卡車一看，載貨架上裹著毛毯監視的只有一個人，他輕輕地對奇諾揮手。

「咦？」

看起來像是商人兒子的那個人，結果是商人本人。

略微驚訝的奇諾也對他揮手回應，然後往反方向看。山丘下有個國家，城牆的顏色跟大地一樣。國內是滿滿排列的同色系石造建築物。

奇諾淡淡地做她早晨的例行公事。像是在不流汗的情況下活動筋骨，還有就是幫「長笛」進行保養的工作。然後把帳篷折好，用她抱著睡覺的水筒裡的水把布沾濕擦臉。

接著奇諾用固形燃料煮開水，然後捧著裝有熱開水的茶杯往卡車旁邊走去。商人叫了她一聲，於是她背著「長笛」爬上載貨架的梯子。再把一些熱開水倒進商人的杯子。

「謝謝妳。」

奇諾背對著商人坐下，監視另一方。她在自己的茶杯放進茶包抖一抖，然後稍微浸泡一下。而商人從口袋拿出茶粉融進剛剛奇諾給的熱開水裡，開心地啜了一兩口。杯子還冒著熱氣。

「我一直睡不著，所以就跟兒子交換站崗。我年輕的時候曾當過雜工，常常因為要監視而無法在晚上睡覺。現在這樣倒讓我稍微想起當時的心情呢。」

商人說道。奇諾沒有回頭地問：

「果真是因為近鄉情怯的關係嗎？」

「該怎麼說呢……我自己也不太清楚。畢竟那裡是我一度拋棄遠離的國家。不過我還是感到開心嗎？我不太清楚耶。」

商人如此說道，最後還輕輕笑了幾聲。

奇諾回頭，看著商人背後的圓形城牆。

不久日出的時間接近，睡醒的商人妻子與兒子們從駕駛座後方的小屋走出來。大家在晴朗的天空下吃著早餐。奇諾再次受邀一起享用鍋裡的水煮乾燥蔬菜與肉湯。

「奇諾老是有好康A。」

漢密斯從後面發牢騷。

「商人之國」
—Professionals—

「咦？——怎麼我還沒叫你，你就自己醒了？」

奇諾驚訝地問他。

吃完早餐的時候，太陽已經升到地平線上。平坦的大地從東到西瞬間被照亮。

旅行者與商人們開始迅速收拾行李並一一堆到車上。奇諾把漢密斯停在卡車旁邊，並用支架撐住。

就在奇諾為了跟商人說話而靠近在卡車旁邊檢查輪胎的商人時。

附近一帶發出「轟隆隆」的低沉衝擊聲，聽起來離他們很近而且越來越大聲。

「怎麼回事？打雷嗎？」

正當商人這麼說的時候，地面突然動了起來。寬廣的大地激烈地左右搖晃。

「哇啊！」

「喔！」

商人與奇諾當場蹲下來，在卡車駕駛座的商人妻子與兒子們則表情僵硬地緊抓住行駛中使用的欄杆。

「哇啊啊啊啊啊啊啊啊啊啊，怎麼在搖啊啊啊啊啊啊！」

漢密斯毫不緊張的聲音，因為搖晃而抖個不停。

衝擊聲與搖晃整整持續了十秒。

然後又突然恢復平靜。就彷彿開關被關掉似地，瞬間又回到原來平靜的早晨。

蹲下來的奇諾看著漢密斯。

「啊——嚇死我了。」

漢密斯並沒有被震倒，還好好的在原地。

奇諾一面站起來一面看著商人。商人則是整個人跌坐在地上，還目瞪口呆地氣喘噓噓。

她再看看卡車，車內的人也是面露驚恐地動也不動。但至少看起來並沒有人受傷，奇諾放心地鬆了口氣。

「你沒事吧？」

她詢問商人。商人繼續坐在地上，臉色蒼白地搖好幾次頭。

「剛……剛剛是怎麼回事？怎麼了？」

「剛剛震得好厲害哦——大概有五級吧？或者是六級？應該是不到七級才對。」

漢密斯用一般的語氣說道。

「什麼啊什麼啊……？什麼啊什麼啊……？」

「呃……」

奇諾欲言又止，這時候商人的兩個兒子從卡車下來。他們倆摟著嚇得癱軟的母親肩膀。發抖的婦人一走到丈夫旁邊就抓著他開始哭泣。

「我知道，很可怕對吧——真的很可怕，不過已經沒事了。」

商人不斷地安慰妻子，奇諾則不發一語地站在旁邊。

不久他妻子終於停止哭泣，心情也平靜多了。然後她兩個兒子再帶她回卡車上。目送他們上車之後，還坐在地上的商人抬頭問奇諾：

「剛剛那是怎麼回事？究竟發生了什麼事？地面怎麼在動？是不是炸彈掉下來了？是新武器嗎？奇諾妳知道是怎麼回事嗎？」

奇諾面有難色地對正經八百感到焦慮的商人說：

「呃……想請問你一個問題，你聽說過『地震』嗎？」

男人皺著眉頭。

「『ㄉㄧˋ ㄓㄣˋ』？那是什麼？比打雷還可怕嗎？它落在這附近嗎？」

奇諾回答說「不是」，接著她身後的漢密斯開始說明。

「那是自然現象之一喲。譬如說火山活動或地殼變動而造成大地搖動，那都叫做『地震』。剛剛那個現象就是。雖然震動的程度各有不同，不過剛剛的還相當大呢。」

「什麼跟什麼啊……大地會動？世界上有這種事情？」

「那是有的——我也很久沒經歷過了，甚至有些地方每年都會發生，當地居民都已經對大地搖動的事情感到習以為常呢。還有國家為了防止家具被搖倒，把它們都固定在牆壁上呢。」

「但是不會發生的國家就完全不會發生，想必這種現象在這個地方很罕見吧。」

漢密斯有補了一句。

「地面會搖動……真不敢相信……雖然無法相信……它卻又真的發生……」

商人一面喃喃自語一面站了起來。站起來之後還把沾在屁股跟腳上的灰塵拍掉，然後——

「啊啊——！」

忽然間他猛然大叫。

「哇！」

奇諾被他的聲音嚇得縮了一下肩。然後看到商人凝視某處動也不動，順著那個方向回頭看過去。

「啊……」

然後就沒再說話。山丘下的大地原本還有個國家，但是現在卻沒了。

「果真崩塌了嗎？」

漢密斯說道。

眼前只剩下瓦礫堆。高聳的城牆坍塌，雖然還看得見國內的情況，但也都是瓦礫。甚至還看得到崩塌時揚起的土黃色沙塵已經匯集在一塊順著風下飄去。

「那個國家……」

「…………」

商人與奇諾站在一塊，動也不動地看著眼前的光景。這時候兩人聽到漢密斯的聲音。

「這也難怪，首先這裡是不曾發生地震的地方對吧？城牆跟房屋都是石頭造的，而且只是堆起來而已。根本就稱不上有什麼『耐震性』嘛！」

「怎麼會這樣……」

商人呆站在原地，接著漢密斯又毫不客氣地說：

「就我們所看到的，建築物百分之百都倒塌了。這時候又是清晨，想必大家都被壓在底下。加上天氣又這麼寒冷，那些在瓦礫堆底下的人大概過個幾天就會全部凍死呢。」

「…………」

商人不發一語地望著瓦礫堆。

奇諾看了他的側臉一眼，不久又往前看並輕輕地嘆了口氣。

正當她再次轉頭看商人的側臉時，正好跟轉頭看她的商人四目交接。他露出和藹的笑容說：

「奇諾。」

「……什麼事？」

「妳想賣的東西是什麼？」

這個問題讓奇諾嚇了一跳，然後回答：

「呃——是我們從不久前離開的東方國家帶回來的，一打當地製作的傳統設計的胸針。」

「請讓我看看。」

奇諾依照他的話把漢密斯後輪旁邊的箱子打開。拿出一本像小書大的木箱，打開蓋子給商人看。十二枚精緻的手工胸針以兩列的方式整齊地擺放在裡面。

商人「啪噠」蓋上蓋子說：

「這些東西不錯呢，奇諾妳很有眼光喲。如果說把漢密斯的油箱以及其他空燃料罐加滿——這樣的條件如何？」

奇諾盯著商人的笑容，然後說：

「你們要回去啊？」

「是的——現在就算過去那兒也賣不了任何東西。」

「那麼——我順便告訴你賣那些胸針的店在哪裡，你再加一袋冷凍肉給我好嗎？」

「好，成交。」

商人伸出右手。

兩人便以瓦礫堆為背景握手表示成交。

「我們有緣再見了！」

商人在卡車的駕駛座用不輸給引擎的聲音大喊。

奇諾也跨上引擎發動的漢密斯，抬頭往駕駛座大聲回答：

「是啊，希望有機會再見面。」

然後——

「剛剛我說過了——」

「要注意不斷會發生的『ㄩˊ ㄓㄣˋ』跟地面出現的裂痕對吧！知道了，謝謝妳提供的情報！」

「不客氣，大家保重了！」

「謝謝你們賣油給我們！」

漢密斯說道。

商人向她們揮手道別之後，響了一次很大聲的警笛，然後就讓卡車前進。載貨架上負責監視的兒子們也向她們揮手道別，接著卡車就往北離去。

奇諾目送著他們直到消失在岩石的影子裡。

然後——

「我們走吧！」

「走吧！」

奇諾騎著漢密斯往山丘西下。

來到平坦的大地，再慢慢行駛。不久她們接近右手邊的瓦礫堆，並從中央橫越離去。奇諾還看了瓦礫堆一眼。

「那麼——」

奇諾看著前方說。

「我們賺了一筆耶。」

漢密斯說道。

「應該吧。」

冬天的荒野裡，摩托車奔馳著。

*　　*　　*

在引擎發出的聲音與避震器柔和的搖晃中。
「老公。」
商人的太太對隔壁的男人說話。
「什麼事？」
握著大方向盤的商人眼睛直視前方回答。
「那些胸針很罕見耶，奇諾應該不知道它不只有燃料跟肉的價值吧？」
「是啊──我們也沒跟她說。」
商人說道。他放鬆油門把方向盤往右邊打。
奔馳在荒野的龐大卡車，慢慢轉彎往東前進。

第八話
「殺戮之國」
—Clearance—

第八話「殺戮之國」
—Clearance—

一輛車在叢林裡奔馳。

在濕度、溫度與密度都很高的叢林裡，有一條道路。雖說是道路，卻是泥土翻露出來的路面，而且到處都是水窪，使得路面十分泥濘。加上視線是一片蒼鬱的綠色，從道路幾乎無法分辨左右兩側的狀況。就算抬頭看，晴朗的天空也被枝葉遮蔽住，僅露出一部分。

一台又小又髒又破破爛爛的黃色車子行駛在這樣的道路上，它到現在還能動幾乎是奇蹟。後輪纏著鐵鏈，一面拉出泥濘一面轉動前進。

坐在右側駕駛座的是一名身穿白色襯衫，有著一頭黑色長髮的妙齡女子。她脖子綁著領巾，還被拿來擦汗。然後看得見她右腰有大型左輪手槍用的槍袋。

女子的手握著細細的方向盤，一臉興味索然地駕駛著。

坐在副駕駛座的是身穿黑色T恤，身材有點矮但長相俊俏的男子。然後——

「真是對不起……師父。我竟然變成這樣……」

他現在的臉色已經蒼白到像個死人臉。不僅沒力氣說話，額頭還冒出豆大的冷汗，他把座位稍微往後倒，後座載滿了說服者跟行李，他就把頭靠在放在那些東西上面的睡袋。

「不是說好不再提了嗎？」

名喚師父的女子小聲地回答。

「啊哈哈哈——師父妳真好。」

男子微弱地笑著。女子繼續開著車，看也不看男子一眼地說：

「你還是給我安靜休息吧。」

「對不起……為了我才讓妳抄近路。否則這時我們不是在叢林裡，而是準備前往其他國家……」

「總比讓我在副駕駛座聽你痛得直呻吟的聲音要來得好吧。如果等一下去的國家還無法查明原因，我會打算把你踢下車喲！」

因為女子的語氣十分堅定——

「妳也太狠了吧。」

「殺戮之國」
—Clearance

男子用蒼白的臉對她說「哪有這樣」。然後女子看了男子一眼，表現出「我只要查明原因就夠了」的冷淡態度。

「唉……靠著智慧、勇氣與技巧活到現在的我，要是以這種方式掛點，那真是再也沒有比這更遜的了……」

「的確沒錯。」

女子很快地表示同意。

「…………這句話我聽了一點都不高興喲。到時候我可能無法成佛並賴在這輛車上作怪——」

男子只是抱持開玩笑的心態這麼說，但是感受到女子殺氣騰騰的氣勢後就閉上嘴沒再說下去，反倒是嘆了一聲氣。

「唉……」

「你現在身體不聽使喚也是沒辦法的事，乾脆想點快樂的事情解解悶吧。」

女子斬釘截鐵地說道，兩人的對話也到此結束。

男子一面冒冷汗，一面在搖晃的車裡眼神發呆地碎碎念著……

「新型步槍發售……命中率精準出眾……沒有裝彈不良的狀況……」

「漸漸看得到城牆了。」

女子說道。

「用最少的炸藥產生最大的效果……」

望著車頂不斷念念有詞的男子往前看。

「什麼……？」

灰色的城牆透過被撞擊的昆蟲屍骸弄髒的擋風玻璃，在叢林的道路另一頭慢慢出現。前面的路況是緩升坡。也就是說，有個小國家建立在前面不遠的小山丘上。

「啊啊，終於得救了……」

男子說道，不過——

「不太對勁耶。」

女子把車速放慢。

他們馬上了解前方有什麼不對勁。原來叢林距離那個國家還有一段相當遠的距離，但是樹木卻

全被砍光。

在這之前都看不到左右跟上面的，車子卻突然來到一個視線大開的場所。樹木全被砍掉，到城牆的那段距離是只看到泥土顏色的寬敞空間。而且當女子一踩剎車——

「你、你你你你你、你們是什麼人啊——！」

小車被一團表情充滿恐懼的年輕士兵團團圍住。

「真是不好意思，旅行者。將校剛好到其他地方巡視，才讓這群年輕士兵幹了這種事。」

在國內某木造建築物的一個房間裡，女旅行者與這國家數名男性隔著桌子談話。窗外太陽就快西下，沉穩的陽光照進來，天花板的風扇靜靜迴轉。一群男人身穿配合當地悶熱氣候的薄短袖襯衫，一起對女子低頭表示歉意。

「那件事已經沒關係了，國長先生。請不要放在心上。」

女子對坐在正中央的一人如此說道，還對他們送同行的男子住院表示謝意。

「不不不，這沒什麼啦。」

頭銜為國長、年約五十多歲的男性如此說道，還說那男子可能是食物中毒。只要吊個幾天點滴好好休養就會恢復了，但是女子聽了這些話沒有表現出任何高興的樣子，只說「那就好」而已。

「不過旅行者你們來的真不是時候……」

國長露出傷感的表情。

「請問，是不是跟你們把國家四周的叢林砍倒有關呢？」

女子的話讓眾人頻頻點頭。

「是的。」

「看起來好像是在匆忙的情況下建築防禦陣地的樣子。」

「妳說的沒錯。」

男人們面面相覷，最後國長開口說話。

「後天早上這國家將成為戰場。」

女子問起原因，國長便帶女子到可欣賞美麗夕陽的城牆上說明原因。從那兒俯瞰地面，可見現

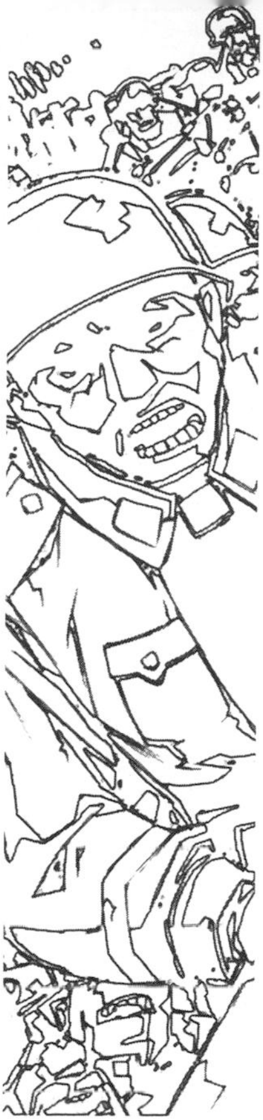

在還有許多人正加緊作業。

事情發生在十二天前。有個從未聽說的遙遠國家派了一名使者到這個國家。那名使者草草問候之後就單方面向他們宣戰。他說「十四天後我們將在黎明發動攻擊」，留下這個國家完全摸不著頭緒的人們之後，連茶也沒喝就逕自離去。

這件事搞得這個小國家手忙腳亂。雖然國內備有軍隊，但是從來就沒打過仗。士兵人數也很少，就算連忙動員成年男子入伍，步槍也不夠用，光是派他們進行土木工程就已經很勉強了。大家正心驚膽戰地害怕要是城牆被攻破的話，國內的女人與孩童該如何是好。

三天前從偵察兵那兒收到報告，有千人規模的敵軍利用馬車及卡車從北方的道路接近中。只是對方好像沒有戰車及大砲類的武器。當時曾抱持乾脆投降的心態而提出交涉，但對方完全不予理會。逼得他們為了守護自己的國家及性命安全，不得不接受戰爭的事實。

他們猜想敵軍可能會用人海戰術團團圍住國家，因此百姓以一氣呵成的方式砍倒城牆四周的叢林，在那裡挖戰壕並築起防護欄。後天就是開戰日，結果這種時期還冒出一輛破車，也難怪遭到懷疑。

「所以我們認為兩位最好別留下來，如果我們戰敗的話，這國家也完蛋了。男人可能全被殺死，女人跟小孩可能會被賣掉吧。」

聽完這些話的女子，低頭看那些拚命挖洞的百姓並思考一會兒。

然後問：

「如果我幫得上忙，你們願意提供多少酬勞呢？」

「三百名士兵的指揮權！迎擊在城牆外襲擊而來的敵人！成功的話提供三百枚金幣的報酬！」

身穿藍色薄睡衣的男子幾乎從床上跳下來，開心地說道。那裡是醫院的單人病房，躺在床上的男子臉色稍微好了些，但手臂還吊著點滴。窗外天色已暗，但還不時傳來城牆外的搥擊聲。

「你好好休息吧——屆時可能會借用你放在車上的說服者。」

女子說道。男子說完「妳儘管借妳儘管借」之後便露出略微難過的表情。

「我竟然無法參加那麼好玩的行動……與其像這樣食物中毒在醫院休養，倒不如讓我死在戰場上呢……」

「不管怎麼樣，你都不應該想要死。這國家的人們正在努力讓自己活下去喲！」

「殺戮之國」
—Clearance—

男子說著「對不起」道歉，然後自顧自地笑起來。他小聲地說：
「不過師父——師父妳自告奮勇在現場指揮作戰，成功的話報酬當然很可觀。不過這個國家萬一被攻陷的話，在城牆外的妳要獨自逃跑也比較容易對吧？」
聽到他這麼問，女子毫不考慮地點頭。
「希望你後天就能夠自由行動了。」
「唉……」
男子嘆了一口氣，然後滿臉不可思議地抬頭看女子。
「可是——」
「可是什麼？」
「我們吃的是同樣的食物，為什麼只有我食物中毒？」
女子回答：
「這就不知道了。」

隔天，女旅行者非常勤奮。
她穿上這國家的綠色戰鬥服，腰際的粗皮帶掛著借用的九釐米口徑掌中說服者。在肘節開關上

裝彈數八發。她把長髮往上挽再戴上軍帽，外表看起來就像是這個國家的指揮官。

女子首先對在城牆外工作的人下指令，讓他們重新建造更具效果的陣地。

她把之前圍住整個國家一圈的防護欄大膽地改建成具體的通道。是寬約三十公尺的寬敞通道。

除此以外的地方則是徹底又高高地封閉到人類無法通過。然後再挖更深的壕溝，裡面設置荊棘或陷阱。為的是要讓敵軍集中在通道上。

然後利用道路的中間地點把蜂擁而來的敵軍聚集在那裡。還在城牆與通路之間的距離挖了好幾層的戰壕，而地上跟城牆上都有派士兵守著。

接下來女子對三百名部下進行各種教育。

她讓士兵只攜帶每扣一次扳機就能夠十連發的自動步槍與掌中說服者。光靠這些武器還不夠，她還另外準備了狩獵用的散彈說服者，把槍管跟槍托都切短。讓優秀又健壯的士兵攜帶。體力較差但射擊能力優秀的士兵則負責使用附有瞄準鏡的步槍，以狙擊兵的身分守在城牆上。

然後徹底執行士兵兩人一組地行動，當其中一人子彈用盡的時候，另一人便負責掩護。並且要他們切記退出戰壕時的掩護程序。撤退與總攻擊等戰略的變更，女子會有步驟地發射煙幕彈，因此要全體人員確實記好煙幕彈的顏色及戰略。

就連剛開始「雖然不曉得戰爭會有什麼結果，可是哪能接受一名陌生女子的指揮！」而感到不滿的士兵們，在見識到女子確實的指導與充滿自信的態度之後，「只要聽從這個人的話，或許有機會保住性命呢」而有了幹勁。

倒是待在病房的男子那一整天——

「我已經不要緊了！我真的沒事了！謝謝各位的照顧！」

說完便搖搖晃晃地站起來，但是又被護士跟醫生押回床上。

就這樣夜晚來臨。

過了一夜，不久就天亮了。

早晨降臨了。

在太陽升起前，叢林瀰漫朝霧的時候，背著步槍的士兵們與親朋好友一一擁抱之後便步出城門。他們手上拿著裝滿子彈的彈匣，跟生死與共的伙伴進入挖了好幾層的戰壕裡。當然女旅行者也跟她挑選的士兵一起在現場坐鎮。城牆上的士兵手持附有瞄準鏡的步槍趴著待命。孩童與女人則在旁負責提供備用彈匣。

偵察兵一面大喊暗號一面從叢林快速跑回來，表示有大量的敵軍已經來到距離國境不遠的地方，一下子提高了緊張的氣氛。

接著，開戰的時刻到來。紅咚咚的朝陽升上萬里無雲的天空。

有人大喊「來了——」。叢林沙沙地搖動，然後有人群從那裡出現。雖然不清楚人數有多少，但的確是比迎擊的人還要多。看得到柵欄與通道的另一頭有好幾層蠢蠢欲動的人群。

在因為緊張與恐懼發抖的人群中。

「——？」

只有一名單手拿著望遠鏡的女子露出訝異的表情。平常她的表情很少有變化，但是今天卻露出不可思議的表情。

那是因為透過望遠鏡的圓形視野所看到的，怎麼都不像是士兵，而是一群穿著普通的普通人。

「殺戮之國」
—Clearance—

各種年齡跟性別都有，有西裝筆挺的男人，有穿學生制服的男生。有上了年紀的老爺爺，還有年約十歲的小女孩。

可能是長途跋涉的關係，大家的衣服跟臉都髒兮兮的。然後手上拿的都是短刀、柴刀或棍棒等原始武器，根本沒有攜帶說服者或手榴彈。不過全體人員的眼神卻閃閃發亮，還激動得呼吸急促，感覺是一支不太對勁的團體。

「真不敢相信。」

女子坦白說出內心的感想，在旁邊一樣拿望遠鏡觀察的士兵則詢問她怎麼了。

「不管怎麼樣——還是全部殲滅吧。」

接著女子取出信號彈用的折疊式說服者，挑出她要的子彈種類之後就把煙幕彈發射出去。只見紫色的煙霧往空中直竄，然後又降了下來。

士兵們互看對方並念念有詞地說：「紫色？紫色？」因為紫色的暗號是代表「敵軍撤退中。毫不隱藏地射擊吧。不要浪費任何子彈，確實殲滅敵軍喲！」的意思。

事實上士兵們也沒多餘的時間煩惱。紫色煙幕彈落在他們與敵軍之間，它就像發動什麼的暗號，敵軍發出大叫就開始往前衝。正如當初所計劃的，他們使用了沒有柵欄那條通道。

越過數百公尺之後，那群髒兮兮的人們一齊突擊。他們製造出來的地鳴穿過戰壕，連國內都聽得到。

接下來傳出來的，就是超過一百挺的說服者一齊開槍的聲音。在戰壕裡露出臉跟步槍的士兵們沒必要仔細瞄準目標，只要把槍以水平的方式對準眼前的人群射擊就行了。

打前鋒的人群中冒出紅色的鮮血。有人倒下，緊跟在後的人被絆倒而摔在地上。接著又發動第二波的射擊。這次有更多人倒下，但是那群人並沒有停止前進。依舊踩著伙伴逼近城牆。

接下來的戰況是一片混亂。沒有透過任何作戰方式就直接殺到通道的敵軍依舊繼續挺進。防禦的那方則像在練習射擊地不斷開槍。從城牆上發射的子彈不斷落下，讓叢林跟國家之間的道路堆積了如山高的屍體。地面的泥土很快就被染成紅色。

城牆上的年輕狙擊兵透過瞄準鏡看到那些人笑臉盈盈地衝鋒。

「可惡……你們再靠近的話，我就要開槍了哦……」

就算開了槍，那些中彈的人倒地的時候都露出陶醉的神情。至於周遭的人也不在乎那些死去的

人，依舊面露朝氣蓬勃的表情一一被擊斃。

「搞什麼……你們都不怕死嗎……」

「心裡要是抱持那種想法的話就輸定了喲！放輕鬆放輕鬆！」

對快哭出來的士兵這麼說的，是站在他旁邊穿著藍色薄睡衣跟醫院的拖鞋，頂著睡亂的頭髮還扛著步槍，個子略矮但長相俊俏的男子。他旁邊還立著銀色的點滴架。

周遭的士兵紛紛用訝異的眼光注視男子，不過左手還吊著點滴的他則自顧自地坐在城牆旁邊，眺望逼近的人群與開槍阻止他們的人們。

「我看看，目前的狀況是……」

男子邊念念有詞邊從右往左地環視一遍。在明亮的晨光照耀下，他看到手持簡單武器又行動不一致，一味從通道突擊而來的敵軍。被防護欄高高擋住的地方都沒有人過去。基本上為了以防萬一，那兒也是有派駐狙擊兵，但目前都沒有開出任何一槍。

「奇怪了……那些傢伙是不是不想認真打仗啊……？算了，只要落得輕鬆就好了……」

男子邊喃喃自語邊舉起步槍，然後移動槍栓裝填子彈。他對著映在瞄準鏡裡年約十幾歲出頭的少年笑臉說：

「希望你下輩子也能幸福得露出這樣的笑臉。」

然後毫不留情地扣下扳機。

步槍槍管因過度射擊而發熱冒出煙霧。

在戰壕拚命射擊的士兵換上彈匣後又繼續射擊。而呈現在他們眼前的，是有如絨毯般的上百具屍體，與跨過那些屍體還笑臉盈盈逼近的人們。

其中還有人閃過槍林彈雨，來到戰壕不遠的前方。那樣的勇者最後還是敵不過如雨般的子彈，被轟得四分五裂。而他在臨死前丟出的小刀，在空中迴轉之後，還沒飛到標的就墜落插在濕潤的泥土上。

這時候毫不間斷的槍砲聲中突然響起高亢的歡呼聲，原來是二十名年約十五、六歲的女孩衝了過來。她們的手緊緊相連，仔細一看，原來是用繩子綁住。外表看起來有些髒兮兮的，不過她們穿的是統一的學生制服。

直衝過來的她們跨過堆積如山的屍體，腳底被別人的鮮血染紅，臉上的笑容好像準備要見心上

人似的。

「你怎麼還杵著不動，快開槍啊！」

換上彈匣的士兵對身邊的伙伴大叫，中年士兵搖著頭說：

「我不要……我女兒也跟她們差不多年紀……」

「她們可是敵人耶！我們不殺她們，就會被殺啊！」

「可、可是她們又沒拿武器……」

「笨蛋！要是她們身上綁了炸彈怎麼辦！」

彈匣換好以後，當那名士兵瞄準敵人的時候，從城牆發射的子彈射穿了那群少女。有幾個人的頭部中彈，腦漿四散倒在地上。手因為綁住被拉倒而沒有受傷的也倒在地上，其中一個人還想繼續前進。

「去死吧！」

那名士兵對準她大概開了兩槍。中彈抖動的頭就這樣從脖子上消失。

「差不多該換班了。」

與其說是戰鬥，從一開始處於單方面射擊之後就用望遠鏡觀察戰況的女子喃喃說道。然後發射了紅色煙幕彈。

紅色是最前排的戰壕換班的意思。這時候一直在後面按兵不動的士兵們便一齊站起來往前進。

「紅色是什麼意思?昨晚我有聽到，不過已經忘了。」

身穿睡衣在點滴架旁邊拚命開槍的男子問道。

「要換隊伍了，準備掩護！」

隔壁的士兵大聲回答。因為在激烈的槍聲裡，不大聲說話是聽不到的。

在城牆進行彈如雨下的射擊之後，疲憊的士兵紛紛往後退。有幾個人還因為受到嚴重打擊，必須靠上面的伙伴把他拉上去。

重新進入戰壕的士兵抓緊時機拚命開槍。成為彈靶的人前仆後繼地靠近，他們的身體被擊飛，然後一個個地倒在地上。

「這根本是大屠殺嘛！」

在城牆上結束掩護射擊的年輕士兵氣得大罵。

「殺戮之國」
—Clearance—

「嗯——勝利的戰爭就是這樣喲，總比戰敗好吧？」
身穿睡衣的男子乾脆地說道。說完之後又表情痛苦地喊：
「好痛好痛……」
「難不成你受傷了？」
旁邊的士兵訝異地注視他，男子回答：
「沒有啦，是點滴的針歪了……這超痛的。」
這時候關懷的視線突然變冷。
「…………你還是回醫院去吧。」
某人如此說道。

在國內躲在避難所發抖等待的人們，只聽到隱隱約約的槍砲聲，根本不曉得外面的情況如何。
原以為不知道濫射的槍聲會持續到何時，不久變成零零落落的。
到最後則完全聽不見了。
人們正互看對方不曉得該如何是好的時候。
「我們贏了！」

負責傳令的少年衝進來大叫。

原以為戰爭會持續一整天，但實際上太陽還低低掛在東方的天空，根本都還沒到吃早餐的時間呢。

「由於我方的戰力已用盡，因此承認戰敗。」

這個國家只收到對方這麼一紙便條。

當露出瘋狂笑容前來襲擊的人們一個也不剩以後，身穿軍服揮著白旗走來的軍使送來的信封裡只放了這張紙。

收下信封的國長及其他人都覺得莫名其妙而杵在原地，而軍使完成任務之後就快步離去。

呈現在疲憊不堪的士兵眼前的，是被晨光照得閃閃發亮的大量空彈殼，跟堆積如山還引來一大群蒼蠅的屍體。

其中還有幾個身受致命傷垂死的人在蠕動。沒有人去救他們，只是不斷地呻吟。

「這個我來。」

女旅行者從另一邊打穿他們的頭，讓他們得到解脫。持續射擊的她不斷替換掌中說服者的彈匣。

同時還尋找還有救的人，但是一個也沒有。

結果這個國家並沒有人戰死。受傷的有，被同伴誤擊而腳部重傷的一名、受到步槍的後座力撞擊而導致鎖骨骨折的士兵二名、因為恐懼與精神打擊而休克的士兵五名、被空彈殼燙傷的士兵及其他狀況受傷的，合計共二十名以上、因為槍聲過大而聽覺異常的士兵有三十名以上。

然後是腹痛惡化而激怒醫生，被帶回病床上的男旅行者一名。

戰爭結束了，接著是善後的處理。

他們在國境旁邊挖了個大洞，再把石炭、木材、燃料等派得上用場的可燃物全丟進去，將那些屍體火化。由於叢林的環境讓屍體很快就腐爛，因此被子彈轟得四分五裂的屍體，還不到半天的時間就開始呈現出可怕的狀態。

剛開始是由現場的士兵負責善後的作業，但實在看不下去而不斷有人感到不舒服。因此改為動員國內所有的女子。

一名中年士兵戴著面罩一面跟惡臭奮戰，一面收拾今天早上還是三十歲左右男性的屍體念念有詞地說：

「這些傢伙也跟我們一樣是有家庭的人，他們應該很想活下去吧……」

剎那間他的雙眼充滿淚水，並且順著面罩滑下來。

在旁邊穿著軍裝平靜地進行善後作業的女旅行者，從淚眼模糊而看不見前方的男子手中接下屍體，然後疊在旁邊擔架的孩童屍體上。

士兵嗚咽好一陣子之後，轉頭對女子旅行者說：

「如果妳有機會去那個國家，希望妳能替我問他們理由。為什麼要讓這麼多人犧牲性命的理由。」

女子點頭答應。

「我覺得或許不要知道會比較好。」

「或許吧，可是……不管基於什麼理由，我實在無法原諒讓國民這樣犧牲性命的國家！」

「殺戮之國」
—Clearance—

「不管什麼理由嗎？」

「不管什麼理由。」

「……基本上我會問問看。」

女子說完又回去做她集合屍體的工作。

一直到隔天傍晚才好不容易把屍體收拾完。

屍體數一數共超過三千具。

「多虧那些不懂打仗的敵兵，讓我們輕輕鬆鬆就大賺一筆。而且這次的醫療費還免費。哎呀～幸好那個國家在那叢林裡呢，師父！」

在黃色小車的駕駛座開心握著方向盤的男子，已經回復原來紅潤的臉色。女子則板著臉坐在副駕駛座。

戰爭結束兩天後，女子如願拿到酬勞，男子也恢復健康。兩人受到盛大的歡送出境後又繼續奔馳在叢林的道路。早晨的天空非常晴朗。

「那麼，接下來要往哪個方向呢，師父？」

「請往北走。」

「什麼？——那兒有什麼嗎？」
「沒有，不過先往北方。」
「那是無所謂啦。」
就這樣，男子在叉路選了往北的方向。車子繼續在惡劣的路況喀噠喀噠地前進。
兩人就這樣在當天傍晚趕上馬車隊。沒載行李的馬車在狹窄的道路上連成一串。
「師父，這些傢伙……」
「應該沒錯，我有些話想問問他們。」
男子露出「妳還真好奇」的訝異表情。
「反正——」
「別管那麼多。」
男子不得已只好按下「噗嗶噗嗶」有氣無力的喇叭，再從一輛輛的馬車旁邊經過到最前面。
不久他們看到在最前面悠哉騎著馬的一名軍人。他看起來年約五十歲左右，身穿軍服頭戴軍

「殺戮之國」
—Clearance—

帽，右腰掛著說服者的槍袋，左腰則佩帶著軍刀。其他人大多是馬車伕，穿軍服的只有這個人。
那名軍人看到旅行者之後便優雅地舉起右手向他們敬禮。然後把馬停下來，馬車隊也跟著停了下來。
「暫時休息一下。」
軍人吩咐完馬車伕便咻地下馬。那兩個人也下車走近他，以非常普通的方式跟他打招呼。
三個人開始站著交談，也草草地閒話家常。
「對了，我們曾經在位於南方的國家落腳過——」
女子劈頭就這麼說。
「那個國家前陣子突然面臨戰爭而感到非常苦惱。不過好像已經擊退蜂擁而來的敵軍。」
「我知道，那就是我們。」
因為軍人很直截了當就承認，讓原本想說「反正你不會說真話」的男子感到相當驚訝。
「這麼說……是你用那些馬車載他們去打仗，現在準備要回國了是嗎？」
「沒錯。因為人員全數陣亡，仗也打不下去了——我想卡車部隊應該已經抵達了。馬的速度實在是太慢了。但是跟卡車比起來，我比較喜歡騎馬搖晃的感覺，因此自己選擇指揮馬車部隊，可是我還在這裡發牢騷，實在是很不合理。」

男子才不想管他個人的嗜好怎麼樣，直接就切入問題。

「關於那場攻擊——我聽那兒的百姓說貴國士兵的態度簡直是擺明要對方殺死他們，那到底是什麼作戰計劃啊？」

「根本就沒什麼作戰計劃——」

軍人面露沉穩的表情，語氣乾脆地回答他的質問。

「那樣的突擊就是刻意要讓對方殺死他們的。」

「什麼？」

男子不敢相信自己聽到的答案，於是反問了一次。

軍人的心情並沒有因為遭到破壞，他又重複一遍剛剛說的「那樣的突擊就是刻意要讓對方殺死他們的」。

女子開口說：

「這麼說，你們為了讓別人殺死那些人才故意宣戰，而且讓對方做『防衛戰』的話就不會有罪惡感是嗎？」

「沒錯沒錯，妳的反應真快。」

「請問……為什麼要那麼做呢？」

「當然是因為那些傢伙想死的關係啊！」

軍人的回答過於直接，讓人聽不懂他說的意思。

「那你們刻意把想死的人帶到戰場的理由是什麼？」

女子問道。

「喔～那是因為我國禁止自殺。」

「自殺？這麼說那些人……是一群志願自殺的人囉？那的確是『尋死集團』沒錯。」

「沒錯。我國是人口與領土都算大的國家，環境富庶又生活便利，人民的平均壽命也都很高。但是每年每年都有許多人不想活而造成國家的困擾。那些人不是衝到馬路造成車禍，就是像小鳥一樣從高樓跳下，但實際上卻像壓扁的青蛙弄髒道路，還有就是跑到別人家後院在租來的汽車裡引廢氣自殺，喝酒服用一整瓶安眠藥，淋汽油引火自焚，在某個湖泊休假聖地投湖自盡成為浮屍等等，反正就是幹盡許多麻煩之事。」

「原來如此。」「這樣啊……」

「於是國家就想出防止自殺的方法，我們可是試了許多方法喲。」

「對於說什麼都要死的當事人來說，這樣不是一切都完了嗎？防範政策有效嗎？」

「對，你說的沒錯。當初大概就是用了『自殺者的屍體不僅會公諸於世，還會拿去餵狗』、『自殺失敗者將被送去遊街示眾』這類方法。甚至還有『對自殺者的家人處以無期徒刑』，而實施那一年的自殺人數的確減少了百分之五。」

「…………」

男子臉色不悅地沉默不語。

「但結果還是沒用，於是我們取消所有政策，最後採用的策略就是這個——『既然那麼想死，就由國家幫忙尋找死亡場所』的計劃。」

「請繼續說下去。」

「政府機關成立了新的部門『國營自殺輔導中心』，他們教導尋死者死亡的方法，並指導他們如何在不造成別人麻煩的情況下自殺。」

軍人的話讓男子臉上露出問號般的表情。

「咦？不是勸說那些人自殺是不好的行為，阻止他們自殺啊？」

「我並沒有說是勸阻他們喲。那些想死的傢伙儘管尋死沒關係，但是不要在國內造成他人的困擾。」

「這樣啊……」

「然後『國營自殺輔導中心』確認自殺的心意之後，就會請當事人在『自殺者名冊』做登記。如此一來就能夠參加每半年一次的自殺作戰——具體來說，我們可以讓他們選擇要不要跟親朋好友道別，然後踏上尋死的旅程。接著是向距離不遠的國家宣戰，假裝對那個國家的城牆發動突擊。大家都很開心地勇往直前喲。可能是集團心理的關係吧，他們全都是覺得死不足懼的傢伙。而且事情結束之後還有別人幫忙收拾被殺害的屍體，我們也落得輕鬆呢。」

「原來如此，這樣我非常了解了。」

聽到女子這麼說，軍人的心情似乎變好了。

「不過啊，要選擇『能夠把自殺者全殺掉的國家』也相當大費周章呢。以前我們都會定期跟其他國家打仗，但後來那國家向我們投降並說『他們受夠了』。於是我們又另找其他國家，但是卻被發現那些人『只是想自殺而已』。因此對方把所有人俘虜之後還進行心理輔導，害我們當天的作戰徹底失敗。這次是用擲骰子的方式選中那個國家，結果非常成功。雖然我最害怕的就是『打贏戰爭』，不過那個國家卻是以極少的戰力做到完美的防衛。想必是有相當高竿的軍師吧。等回國之後我將呈『那個國家可以利用個幾年』的報告給上級。」

軍人看起來非常滿意。

「這個方法相當實用喲！雖然對附近一帶的國家會造成困擾，不過你們要是到了其他國家，務必向他們宣傳這個解決自殺問題的妙方。」

「我會考慮看看──我的疑問終於得到解答，心情也輕鬆多了。也謝謝你告訴我這些事。」

「不不不，別客氣。」

女子與軍人輕鬆地向對方道謝，只有男子一臉不悅地在旁邊說：

「可是，我實在無法明白那些想死的人們的心情喲！人生明明這麼快樂！」

「我也不明白。」

軍人馬上同意他的說法。

「殺戮之國」
—Clearance—

「其實我也不明白。為什麼那些人那麼開心來中心。當中心允許他們自殺的那一瞬間，為什麼還能露出那麼開心的表面呢……」

軍人稍微低下頭。軍帽的帽沿稍微遮住他憂慮的表面。

「像你們跟我如果有意自殺的話，只要拔出腰際的說服者就可以達成願望。只要往太陽穴扣下扳機，『砰』一聲就行了。但是我們並沒有那麼做。我們之所以沒有那麼做，應該就是基於活著很快樂這個理由吧。」

「一點也沒錯。」

男子表示同意。女子則沉默不語。

「因為有理由才活下去，這種是非常自然的想法。但是同樣的，沒有理由就死。這或許也是很自然的想法——可是我無法理解一個人怎麼會沒有理由活下去。就像剛剛旅行者所說的，只要活著就有很多快樂的事情啊！」

「一點也沒錯。」

「不過那些人真的感覺閃閃發光呢，無論是臉色跟眼神。完全不像是不久將死的人所有的眼神。當上頭答應讓他們自殺，就看起來好像很開心呢。在還沒有來中心以前，大家明明都一臉死氣沉沉的。但是一提到『那麼三個月後你就會死了喲』，整個人好像拋開一切束縛似地精神百倍。然後大叫

『我可以不用再讀書、工作了！』或是『好高興哦！終於可以跟這樣的我說再見了！』護送的過程中，他們還開心地談論個人的死亡。甚至還熱烈討論『仔細看清楚我死亡的美麗模樣！』等話題。還有人跟我說『軍人先生要不要一起加入？』我真的想不透，真的是完全無法理解喲……」

軍人在這時候嘆了好大一口氣。

「我就像你們看到了，只是一介軍人。活了這麼大把年紀也沒有升官，就算戰死也沒辦法追封將軍，是個沒出息的男人。說來慚愧，我妻子丟下沒有出息的我跟一名年輕的男人私奔，我的孩子們也跟我沒什麼話聊。但是這樣的我卻從來沒有動過『尋死』的念頭喲！我覺得活在世上是一件很棒的事情。雖然不盡快樂，時而痛苦時而悲傷。可是我有鼓勵自己活下去的『生存意義』。因此無法理解這些人選擇自我了斷的心情。」

聽到軍人強而有力的言詞，男子顯得相當高興。他「嗯！嗯！」地上下點頭，並「我懂我懂」地表示同意，還說「像我當初迫於無奈才開始的旅行已儼然是我現在活下去的意義，而且覺得快樂的不得了喲」。不過女子還是面無表情。

「殺戮之國」
—Clearance—

接著男子問道：

「軍人先生，請問你的生存意義是什麼？方便的話可否告訴我呢？是能夠大啖美食嗎？還是在獨處的時候閱讀有趣的小說並沉浸在那個世界裡呢？」

被問的那一方抬起頭來——

「那當然是……」

雖然他表現得有點不好意思，但看得出來其實內心很高興。

然後回答說：

「看到那些自殺者慘遭殺害的模樣，那會讓我開心到了極點！」

第九話
「續・戰車的故事」
—*Spirit*—

第九話「續．戰車的故事」
—Spirit—

「他指的應該是那個吧？」

「嗯，不過——」

奇諾跟漢密斯眺望著浮遊戰車的背影。

她們一直望著這台砲塔右側有三條紅色直線，左側畫有一隻貘的戰車背影，直到看不見為止。

後來，連戰車本身都不知道經過了多少歲月。

戰車飄浮在各個草原、森林、山野、沙漠之間，流浪遊走著。它怎麼也找不到戰死的戰車長最後下令要它破壞的戰車。

戰車繼續流浪遊走著。有時候受到酷暑的烘烤，有時候被豪雨敲打，有時候受到強風吹襲，有時候甚至還被埋在雪裡。

為了充電，它有時候還連續好幾個月頂著大太陽動也不動。戰車的車體雖然到處生鏽也遺失了許多零件，但它還是繼續移動。

但是有一次，戰車終於在它陌生的蒼鬱森林裡故障，而且無法離開那裡。

「戰車長，我已經無法動了。」

這時候的它連浮在半空中都沒辦法，沉重的龐大車體整個落在倒臥的樹木上。

「戰車長，真是非常抱歉。我無法完成您最後的命令。對不起。對不起。對不起。」

戰車不加思索就說出這句話。

「——這還能動喲，並沒有全部壞掉呢。」

「真的嗎？如果真是那樣的話就太～好了！」

戰車下一個念頭就是在它附近的聲音究竟是誰發出來的。於是它起動自從無法動彈之後就一直關閉的對外瞄準裝置。

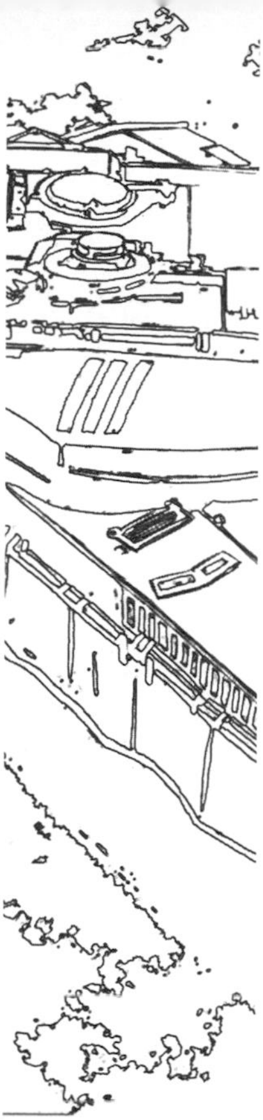

在森林裡，戰車看見有兩個小孩爬到自己向前傾倒還覆蓋了許多落葉的車體上。一個是戴帽子的男孩，一個是梳辮子的女孩。他們看起來大約十歲，身上穿著沾滿油污又到處補丁的灰色衣服。

那兩人開心地撥開堆積在車體上的落葉。

「誰？——是誰？你們是什麼人？」

戰車開口說道。距離上次遇到摩托車跟旅行者以來，它已經很久沒說話了。

而男孩與女孩很快就回答它。

「你好，戰車先生。你好嗎？」

「你好！你果然還沒完全故障——好厲害哦——」

聽到這句話，戰車開始悲傷起來。

「或許我還沒完全故障，可是我卻無法動彈。根本就動不了，我真不知道該怎麼辦才好。」

聽到戰車這麼說，孩子們喜孜孜地說：

「那我們幫你修理。」

「幫你修理——！」

孩子們說完這些話就離開了。

戰車繼續沉默不語，然後閉上眼睛。

它懷疑自己可能是在做夢。

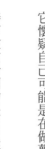

接下來它看到的是自己無法相信的景象。

車體周邊不曉得什麼時候堆滿了各式各樣的零件。每一樣零件都是戰車現在最需要的。

然後男孩與女孩在朝陽下拚命工作。他們倆把零件抬起來，把戰車損壞的零件換掉。比較重的就用他們開來的小型卡車的起重機。

「你們在做什麼?你們在做什麼?」

戰車不知所措地問道。

「我們要修理你!」

「修理你!修理你!」

男孩與女孩毫不猶豫地說。雖然臉上沾了油污，但是卻笑得很燦爛。

「真是不敢相信。真是不敢相信。」

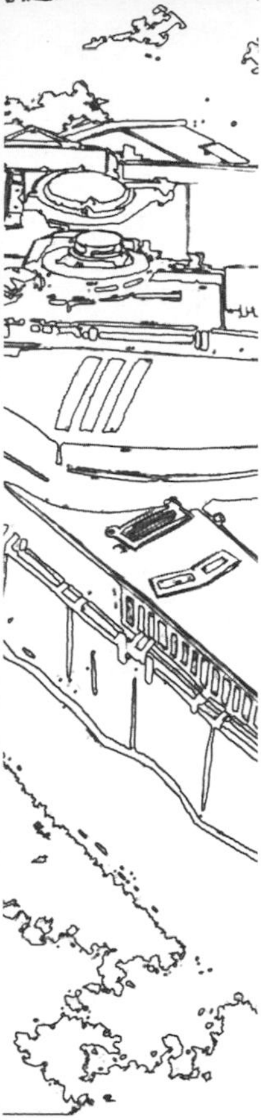

戰車說道。可是孩子們很快地進行修理的作業。就這樣，到了那天中午的時候——

「真是不敢相信……」

戰車幾乎修復了。電源靠著發電機分送至各處，所有的機能復活，升降機再次運轉。而不知多久沒再動過的龐大車體已經輕飄飄地浮了起來。

「成功了——！」

「耶——！」

兩人拍著手開大叫。戰車問他們是如何辦到的，結果那兩個人說：

「我們曾受過老大的訓練。」

「沒錯——」

聽他們的口氣好像這不是什麼了不起的事。根據兩人的說法，他們曾在某個叫做老大的了不起的機械工底下工作過，因此修理故障的車輛對他們來說算不了什麼。

戰車向那兩人道謝，它用自己畢生所會的言辭表達感謝之意。那兩人也覺得很不好意思。

後來——

「關於這個——」

女孩打開箱子給戰車看。裡面裝了一人份的枯黃人骨。還有破破爛爛的衣服，以及長滿鐵鏽無法使用的掌中說服者。

「裡面有人耶——別人曾告訴我們死掉的人要『ㄇㄞˊㄗㄤˋ』起來——」

「怎麼辦？」

男孩問道，戰車沉默了一會兒。然後——

「請用人類的方法處理吧，麻煩你們了。拜託拜託。」

於是他們倆對戰車說「知道了」。然候——

「那你跟我們來吧。」

「跟我們來——」

因為他們講得很簡單扼要，戰車也只能毫無反駁地跟他們走。

小型卡車喀噠喀噠地穿過森林，後面則跟著一面啪嘰啪嘰地壓倒樹木，一面低空飄浮的戰車。

他們穿過森林越過山丘，到了接近黃昏的時候才好不容易來到一家小工廠。那工廠就孤伶伶地建在沒有隸屬於任何國家的荒野上，裡面散落著用來修理的機械與等待修理的機械。工廠四周都是

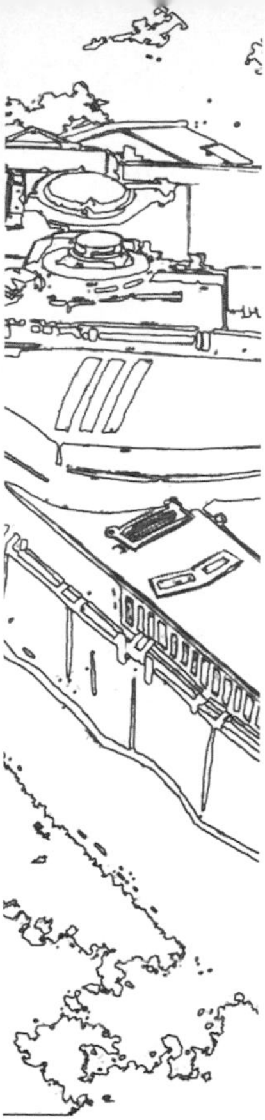

「續・戰車的故事」
—Spirit—

田地，還種植了蔬菜。

卡車停在工廠前，兩個孩子拿著箱子跟鏟子一步步走過來。戰車也慢慢跟在他們後面。

當天空染成一片紅色還把高掛的白雲照得色彩繽紛的時候，戰車來到了墳場。在草原的正中央立著一根鐵架做的墓碑。兩個孩子開始在那旁邊挖洞，然後把箱子裡的戰車長遺骨及遺物埋進去。

兩人用沾滿泥土的手合十祈禱，戰車則再一次向他們道謝。然後讓他們坐在砲塔上一起離開。

隔天早上，戰車詢問在井邊洗臉的兩人怎麼會住在這裡。

他們倆也一五一十地告訴它。

過去他們是住在這附近的某個國家。兩人從小就被父母親遺棄，是在地下道生活的時候被老大收留的，教會他們維修機械的技能之後還一起工作。這工廠是老大蓋的。因為到處都有過去戰爭結束後被丟棄的戰車或裝甲車，所以他們撿拾零件把它們修復之後再賣給國家。

「你們要賣掉我嗎？你們是因為這樣才修復我的嗎？」

戰車感到相當驚訝，但是他們倆卻搖搖頭說：

「不會把你賣掉的——」

「戰車賣不了錢的。能賣給國家的只有耕田或播種的機械。我們都是把壞掉的戰車跟裝甲車改造成那一類的機械。可是，沒有完全損壞的戰車是無法改造的。」

戰車鬆了一口氣，並喃喃地說「是嗎？」

「可是，老大在不久之前突然感冒，後來突然死掉。」

「他死掉了——不管我們怎麼搖他就是不起來——」

「所以我們就把老大埋在他最愛的那片草原。我想說沒有人陪他會很寂寞，才把那個人跟他埋在一塊，這樣就不會寂寞了。」

「沒錯——他們還可以當好朋友呢——」

戰車詢問他們兩人：

「對你們來說，老大是個好人嗎？」

兩人異口同聲地回答「嗯」，戰車又說：

「既然他是個好人，那他們兩個一定會變成好朋友的。」

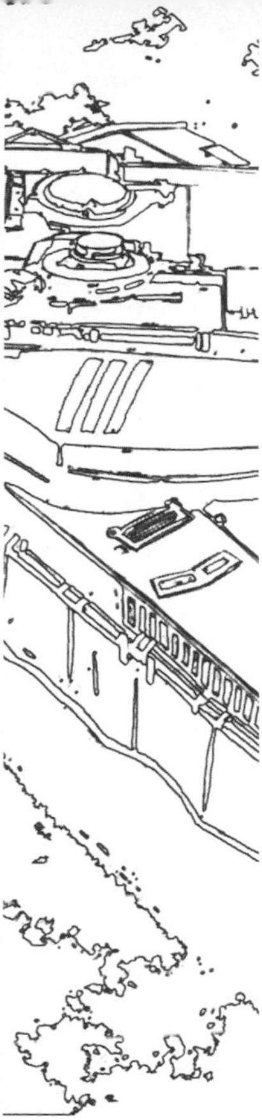

那天到了中午的時候，開始下起毛毛細雨。

由於戰車進不去工廠，就只好待在外面休息。因為它的車體沉重，所以有稍微陷進土裡。而那兩個小孩拿著被單把它整個車體蓋起來。

「要是淋濕的話會感冒的——」

「戰車是不會感冒的。」

「別這麼客氣啦！」

男孩說道。

雨淅瀝瀝地下，戰車則披著被單休息。

「戰車長大人……我非常幸運，兩名勇敢的孩子把我修復了。」

戰車喃喃說道。

「可是——我找不到。我真的找不到。戰車長下令要破壞的戰車，到底在什麼地方呢？在什麼地方呢……？」

男孩與女孩在工廠一面工作一面說道：

「我怎麼覺得戰車好像無精打采的。」

「嗯，的確沒錯。」

「不是把它修好了嗎？」

「就是說啊——」

「我們兩個來替它打打氣吧！」

「嗯，就這麼辦。可是，戰車的元氣是什麼啊——？」

「嗯——……我們平常都是用什麼方式讓自己打起精神啊？」

「是什麼呢？」

「我知道了！所謂的打氣就是指歡呼！」

「沒錯，就是歡呼！而且是『又蹦又跳』的那種歡呼！」

「既然是戰車，應該就是『轟』地發射大砲喲！」

「嗯，就是那樣沒錯！就是『轟』地開砲！」

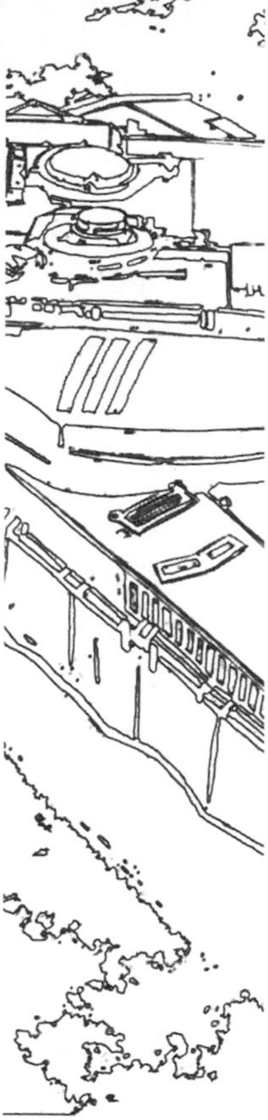

「續・戰車的故事」
—Spirit—

「可是怎麼辦？我們該如何讓它打起精神呢？」
「這個嘛——？」
「它看起來好寂寞哦。」
「就是說啊，畢竟它現在是孤孤單單一個呢。」
「就是說啊！像我們是兩個人，就算師父死了也不會覺得寂寞。所以，再製造一輛戰車送給戰車當伙伴吧！」
「沒錯，就這麼決定！」
「它鐵定很開心的。」
「沒錯。」
「然後它就會『轟』地開砲喲！」
「然後就是『轟』地開砲！」
兩人話一說完就開開心心地蹦蹦跳跳。
「那就立刻行動吧！」
「行動！」
「如果只是外觀的話，很快就完成的！」

「完成——！」

於是兩人丟下手邊的工作，開始尋找可以使用的零件。

工廠裡有一輛履帶式車輛改造成的拖拉機，他們把鐵板貼在上面。

然後做了紙糊的砲塔。用木板套窗製作大砲，再把它塗成黑色。接著在砲塔右側畫三條紅色直線。還學那輛戰車，在左側畫上不知道是什麼的動物圖案。

直到晚上才大功告成。

「明天是晴天的話再給它看！」

「給它看！」

綿綿細雨到天亮才停。

男孩與女孩拿下戰車上的被單。

朝露在晴朗的晨光照耀下閃閃發光。

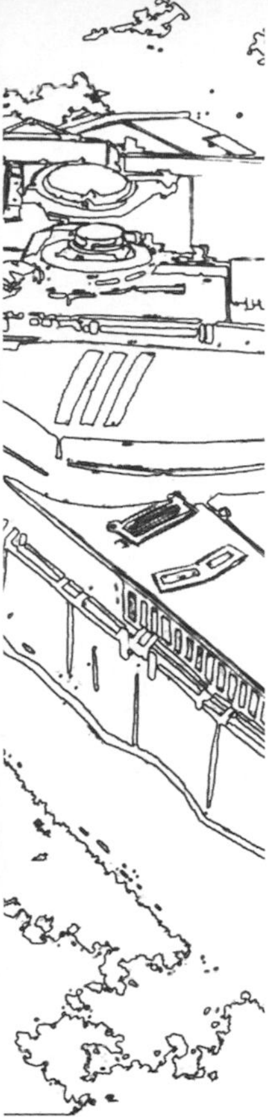

「真是非常謝謝你們兩人。因為我還有事情要做，所以必須離開了。」

「咦──等一下啦！」

「等一下──」

兩個人急忙跑回工廠。

戰車緩緩升起它龐大的車體。然後啟動升降機，一面抖動沉重的裝甲一面從地面飄浮起來。

就在這個時候。

從工廠後面出現一輛發出嘰嚕嘰嚕的聲音，翻起濕潤地面的戰車。

「啊！」

飄浮的戰車因為過度訝異而發出了叫聲。

「找到了……」

在地面奔馳的紙戰車裡面──

「它一定會很開心的！」

「開心──！」

坐在裡面的兩人開心地大叫。

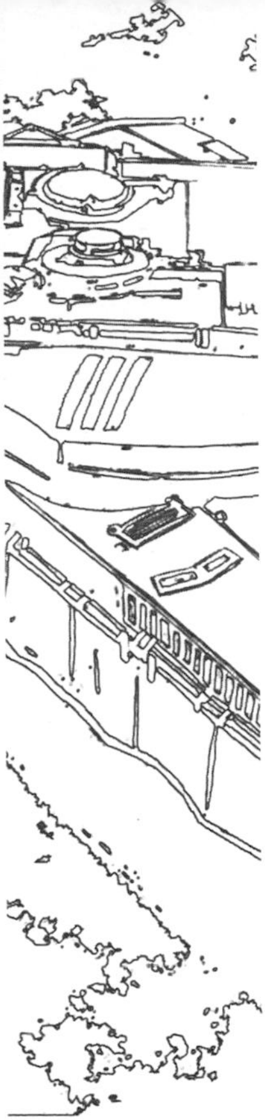

「我找到了喲，戰車長！」

戰車開始微速前進，朝車體前面的「敵戰車」前進。

「我終於找到了喲，終於找到了。戰車長，你一定很高興吧。好好享受這份喜悅吧。我會在你安眠的這塊土地完成──『破壞一台砲管右側有三條紅色直線，左側畫有一隻貘的黑色戰車』這道命令。我終於可以完成這道命令了。」

馬達發出低沉的聲音，沉重的砲塔慢慢迴轉。主砲──口徑二百釐米的滑腔砲隨即揚起它像蛇一樣的凶惡脖子。

「檢查射擊管制系統──沒有問題。檢查砲身安定結構──沒有問題。」

戰車很快地運用過去戰車長曾對它說過的話。

「敵戰車並無使用雷射瞄準器。也沒有其他敵軍的蹤跡。第一砲──徹甲彈。第二砲──對戰車榴彈。」

剛修復的自動裝填系統把劣化鈾這把巨箭從長長的砲身後方推進去。

「裝填——完畢！」

砲塔後方的紅燈亮了起來。砲管迅速移動，移到行動緩慢的紙戰車前方，並配合它慢慢移動。

「瞄準——完畢！」

然後，戰車代替早已不在的戰車長大叫：

「發射——！」

嘰啦嘰啦嘰啦嘰啦嘰啦嘰啦。

紙戰車到了飄浮起來的戰車面前停了下來。

「為什麼……」

戰車的主砲毫無動靜，但還是穩穩瞄準紙戰車，隨著它行進的方向移動。

「為什麼……為什麼無法攻擊！為什麼！」

沒有人回答它。

不久那個龐大車體突然失去力量，慢慢地墜落在濕潤的泥土上。車體墜落之後，整個下半部陷在土裡。

「你看你看！」

「看——！」

是男孩跟女孩的聲音，而且聲音是從眼前的紙戰車傳出來的。接著兩人打開用薄鐵板做成的閘門探出頭來。

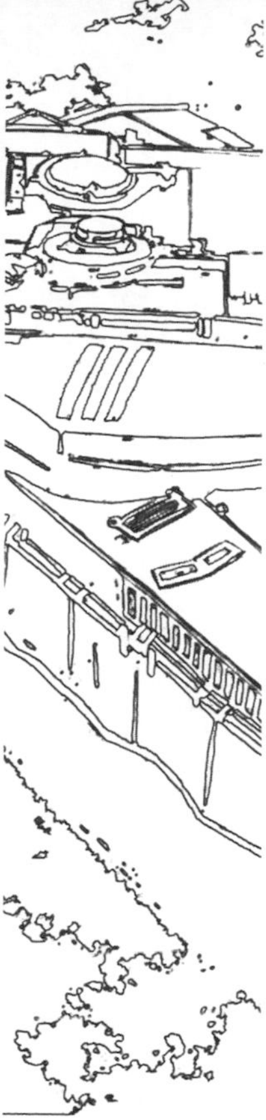

「續・戰車的故事」
—Spirit—

「為什麼……為什麼……為什麼……」

完全在狀況外的兩人，對著不斷說「為什麼」的戰車說：

「做得跟你一模一樣吧！」

「一樣吧──」

兩人拿出一面大鏡子，是洗臉台的鏡子。

這時候戰車的瞄準裝置鎖定了鏡子。它鎖定了一半埋在土裡的戰車在上面的影子。

「為什麼！」

戰車看清楚上面的模樣之後，終於明白是怎麼回事。正當它用力迴轉砲塔轉移視線時──

咚──！

潮濕的火藥終於點燃，轟隆的砲聲響徹那一帶。衝擊波把草地的露水都震落。

砲彈以五倍以上的音速飛出，一下子就衝向晴空的另一頭。

在綠色草原的正中央有一棟工廠。

工廠的旁邊有一輛大戰車跟一輛小型的紙戰車。

然後──

「成功了——！」

「好厲害——！」

始終聽得到兩個小孩歡呼的聲音。

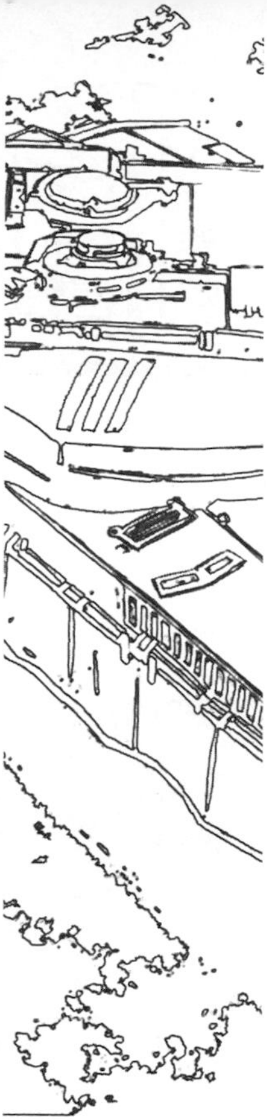

第十話
「三則故事」
—Tea Talks—

第十話「三則故事」
—Tea Talks—

「想要男人的國家」

很久很久以前，有兩個四處旅行的人跟一隻動物。

那兩個人之一，是時常穿綠色毛衣的年輕男子，基於某個悲傷原因而失去故鄉，是個既堅強又溫柔的人。

那兩個人之二，是個有著一頭白髮跟綠色眼睛、沉默寡言而且不太喜歡世間所有事物的女孩。

而那隻動物，是會說人話又聰明、全身長滿蓬鬆白毛的大狗。

這兩個人跟這隻狗是基於某些理由才湊在一起旅行。他們駕著一輛越野車從不知名的沙漠開始漫無目標的旅行，為了要尋找適合自己居住的國家而跑遍廣闊的大地。

就這樣，有一天他們來到了某個國家。

「求求你！旅行者！請務必住在這個國家！拜託你！」

這國家的人民拚命慰留那名男旅行者。

旅行者感到非常驚訝，因為這國家放眼望去都是女人。

「請你務必住在這個國家！」

聽過她們的解釋，他終於明白那些人為什麼要留他下來的理由。因為這國家從很久以前就很少生出男嬰，導致男人變得越來越少，在國家造成非常嚴重的問題。

男旅行者考慮了一下。雖然他還沒有決定要住在什麼樣的國家，但是他始終認為：

「我希望居住的地方是那兒的人願意接受我的地方。」

於是他開始想，既然住下來對這個國家有幫助，也未嘗不是件好事——直到那國家的人們這麼跟他說：

「這國家不再需要女子。因此非常遺憾，我們無法讓你同行的那名女孩住下來。」

「三則故事」
—Tea Talks—

後來發生了很大的騷動。

男旅行者說他有責任要保護這個女孩，因此拜託他們讓女孩跟他一起住。但是這國家的人不希望再增加任何女人，說什麼也不答應。

最後終於惹火了這國家的人，他們甚至產生「抓住那女孩把她趕出去」或「乾脆把她殺了」等可怕的想法。

只見一大群女人抓著菜刀跟擀麵棍想襲擊那名女孩。

那名女孩當然不會沉默地坐以待斃。不，實際上她真的是沒有說話。不過——她在城內丟了許多手榴彈反擊，引發爆炸聲及劇烈閃光。

男旅行者努力設法不讓任何人受傷，結果受傷最嚴重的卻是他自己。

後來這兩個人跟一隻狗坐著越野車逃出了那個國家。

男旅行者一面在草原上駕駛越野車，一面喊「好痛好痛」。他嘴巴有點出血，額頭瘀青，毛衣也出現了不少破洞。

坐在旁邊看著他的女孩用非常小的聲音，坦率地對他說：

「謝謝你。」

男人似乎因為風聲太大而沒有聽到。

「三則故事」
Tea Talks

「想要女孩的國家」

接著兩個人跟一隻狗來到的是，位於山谷一個很小很小的王國。

男旅行者說他想在這裡工作，希望能讓他們暫時住下來。不過對方的回答是基於國家的方針，無法讓他們移民到這個國家。於是只好以休息與採買的名義申請短短三天的居留權。

由於這個國家很難得看到旅行者，國王把他們視為國家的貴賓看待。不僅提供住的地方，還在他們出發前邀請他們參加國王的早餐會。

在早餐會開始以前，坐在大餐桌角落的男旅行者四處張望。

白狗詢問他在做什麼，男人回答「他想看看是不是只有國王很奢侈，不顧百姓的痛苦」。

「現在你覺得呢？」

白狗問道，他回答：「就我所看到的並沒有那種傾向，國王是個受人民信賴的人」。白狗說：

「那就好」。

接著國王與皇后、王子走進來，開始了今天的早餐會。

介紹到旅行者的時候，男子彬彬有禮地向他們道謝。原以為旅行者如果有什麼不禮貌之處也無可厚非的人們，倒是嚇了一跳。

這國家的王子年約十歲左右。他覺得宴會有點無聊，便拉著管家在屋裡亂晃。這時候他跟女旅行者四目交接。

「妳好，我是這國家的王子。」

「…………」

「等我長大之後我會努力治理國家的。」

「…………」

「我覺得這個國家很棒，因此我的責任很重大。」

「…………」

女孩沒有回答並盯著王子看，但是王子好像很樂在其中。看到這個景象的國王也對女孩有些好感。於是向男旅行者詢問女孩的事情。男子老實回答說：「她被父母親遺棄也無家可歸，因此跟我一起旅行找尋定居的地方。」

「既然這樣！」

國王很開心地說道。他表示既然這樣，希望迎娶她當兒子的新娘，而皇后跟其他人對此也表示贊同。

男旅行者感到有些驚訝，不過他是個明事理的人，自己也做下「那麼做或許對她有益」的結論。

於是男旅行者用他覺得這麼說絕不是什麼壞話的語氣，詢問在隔壁直盯著王子看的女孩「妳覺得如何？」

女孩則是回以他一拳。

她緊握右手揍了男旅行者，因為打的是下巴，所以「咚」地命中目標。

女孩無視嚇一跳的男旅行者跟其他目瞪口呆的人們，對著王子輕輕揮她白皙的手——

「Bye-bye。」

她短短說了這句話。

「再見，希望有機會再跟妳見面。」

王子說道。女孩拉著還一副在狀況外的男子，跟著白狗離開了早餐會。

於是兩個人跟一隻狗很快地離開了這個國家。

「想要狗的國家」

後來那兩個人跟一隻狗發現一個位於湖畔、規模中等的國家。

從外表看的話，是個相當普通的國家。男旅行者敲敲城門旁的衛兵崗哨，正當他想詢問衛兵是否願意讓他們入境的時候——

「哇——！」

衛兵突然發出震耳欲聾的叫聲，把兩個人跟一隻狗嚇了一跳。

衛兵按下牆上某個按鈕，不一會兒沉重的城門便隨著尖銳刺耳的警鈴轟隆隆地打開。

然後衛兵還當場跪下來說：

「參見狗大人！」

接著畢恭畢敬地對旅行者腳邊的白狗敬禮。

驚訝地呆站在原地的兩人還被隨後衝出來的人潮擠到一旁。只見一大堆人邊喊著「是狗大人！」「狗大人喲！」「天哪，是狗大人！」邊穿過城門從國內跑出來。

然後那些百姓圍著白狗跪拜。

「請進！請進！請您務必進來我們國家！」

在大批人的引領下，白狗穿過了敞開的城門。兩名旅行者不得已只好把越野車留在城牆外隨後跟上。

穿過城門之後便來到了一處大廣場。這時候有更多的人聚集過來。人們把廣場擠得水洩不通，根本看不到地面。這時候白狗出現，眾人請牠上去講台。接著大批群眾歡聲雷動並全體低頭向牠跪拜。

這時候那國家的人對站在講台旁還感到莫名其妙的男旅行者及依舊沉默不語的女孩說：

「真是非常感謝你們帶狗大人來我們國家！」

男旅行者問：「這是怎麼回事？」

「你不知道嗎？——想不到你們是在不知情的情況下帶狗大人來，這果然是上天注定的命運！太棒了！」

男子說：「所以才希望你們解釋一下。」，他們終於回答。這國家長久以來都把狗當神明一樣敬拜，但是幾年前因為疾病的蔓延導致狗從這個國家滅絕，讓全國上下的百姓感到非常悲傷。

「您會永遠待在這個國家吧，狗大人？」

「這下該怎麼辦才好呢？」

白狗說道。男旅行者輕描淡寫地說：「隨便你囉。」

「你這傢伙！怎麼可以對狗大人如此無禮！」

然後就把男旅行者逮捕起來。只見他被一群壯漢圍住並抓住他的手臂。基本上男旅行者認真反抗的話就可以掙脫的，但是他卻安份地接受處置。

「…………」

女孩沉默地走上講台靠近白狗，並指著被抓的男旅行者。意指要牠想想辦法。

「狗大人！我們要處死這名無禮的男子，請您見諒！」

百姓如此說道，這時候白狗很跩地說：「等一下」。

「處死他不過是浪費時間，直接把那傢伙趕出這個國家吧！」

百姓們低著頭說：「遵命。」

這時候女孩「啪」地拍打白狗的頭。

「……………」

「妳竟敢冒犯狗大人──！」

就這樣，連女孩也被逮捕了。然後詢問：「該如何處置這傢伙？」白狗也說：「一起逐出這個國家吧。」

於是男人們抬著那兩名旅行者，「嗨咻嗨咻」地移動他們。然後從他們剛剛穿過的城門「啪」地往外丟。

「你們應該感謝狗大人寬大的處置！」

接著便嘎啦嘎啦地把城門關上。就在快關上的前一刻，白狗從講台跳下來並穿過那些人的跨下，從城門一點點的縫隙穿出去。

而沉重的城門就當著那群驚訝的人們面前「咚──」地關起來。

這時候男旅行者跟女孩已經坐在越野車上。

坐在駕駛座的男旅行者開心地問白狗說：

「決定好了嗎，陸？」

「…………」

女孩則沉默地在副駕駛座向牠招手。

白狗跑向越野車之後便迅速地鑽到女孩白皙的雙腿中間，然後很跩地說：

「『那麼出發吧』。」

女孩又「啪」地拍打白狗的頭，然後把下巴抵在牠頭上緊抱住牠。狗如此回答：

「很重耶。」

「…………」

女孩繼續不發一語地抱住白狗毛絨絨的身體跟頭。男旅行者則邊笑邊發動引擎讓越野車前進。

「快點開門！」「到底在幹什麼啊！」「天哪，狗大人要離開了！」

他們很快地遠離在城門後面騷動不安的那個國家。

「——故事說完了。」

「咦——這樣就沒了?」「再多說一些，再多說一些旅行者跟女孩以及白狗的故事啦——!」

「今天先說到這裡。關於他們的故事還很多，要是一次全說完就不好玩了。況且茶也剛好喝完了。」

「真是的——」「唔——」

「下次再說吧。下一次我會說更刺激的故事給你們聽哦。」

「一定喲——」「絕對不能騙人哦!」

「知道了，我答應你們。絕不會騙你們的。」

「那我們下次再來。」「下次見哦!」

「歡迎你們隨時再來，路上小心哦。」

「嗯。」「再見。」

「再見，下次見囉。」

「——老婆婆。」

「怎麼啦，有東西忘記拿嗎?」

「不是的。有人找妳耶，現在就在玄關外面。說想問路跟國家的事情，還說她是騎著摩托車來到這個國家的旅行者。」

「是嗎——那真是稀客。快請她進來吧，不曉得會是什麼樣的人呢？」

「三則故事」
—Tea Talks—

第十一話
「説服力II」
—Persuader II—

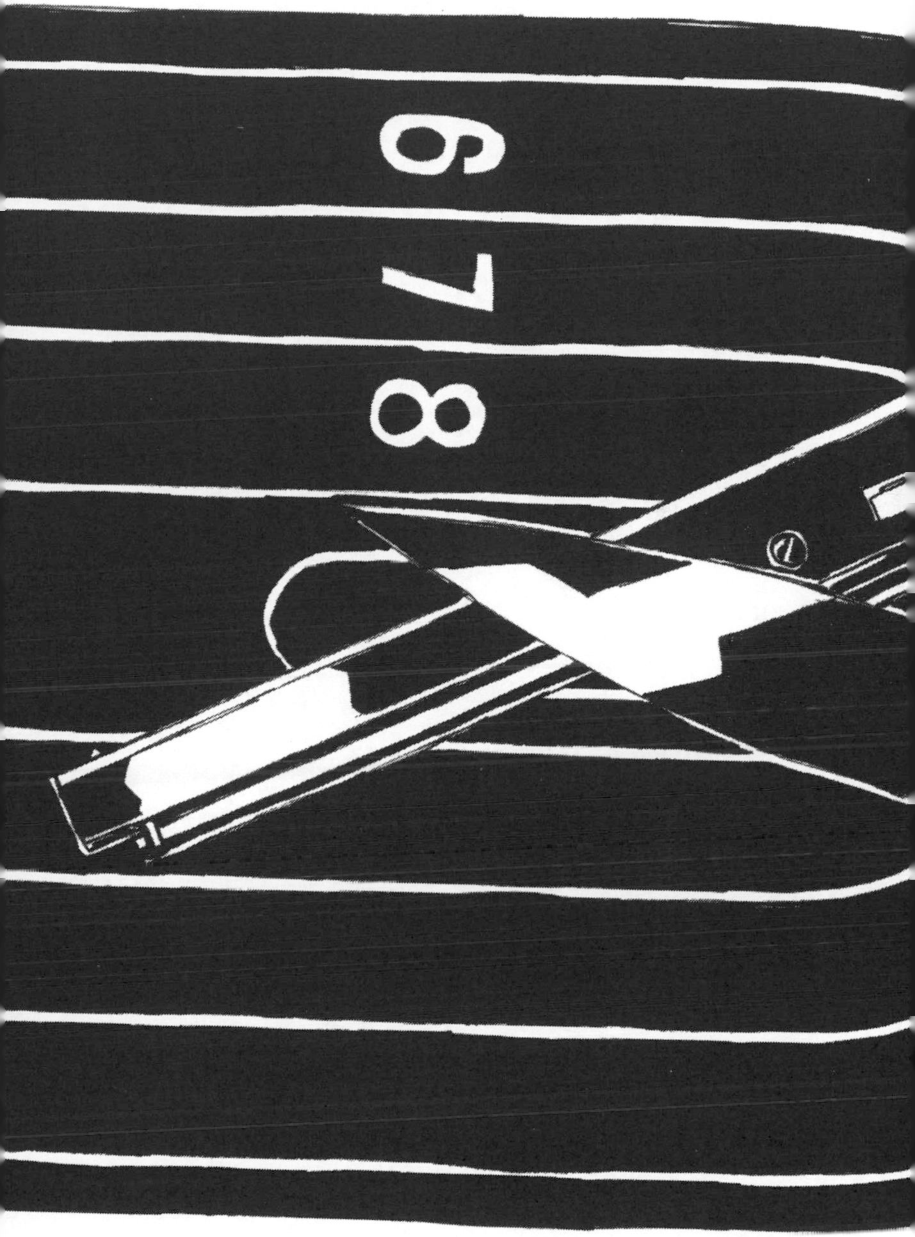
6
7
8

第十一話「說服力II」

—Persuader II—

橫砍的刀從蹲下來的奇諾頭上掠過。幾根黑色的短髮在空中飛舞。

低下身子的奇諾將右手的黑色刀子往上揮。她瞄準剛剛從自己頭上往左揮的手腕，雙腳用力一蹬好讓刀尖能搆到目標。

結果，奇諾的刀劃過空無一物的空間。就在她知道自己的攻擊失效的那一瞬間，便立刻往後跳。這時候她腳下的土地揚起淡淡的沙塵。

奇諾一面注意對方，一面重新擺好架勢。蓋到手腕的皮手套發出緊握的聲音。

奇諾穿的灰色運動外套於手肘跟肩膀縫了襯墊，下半身是綠色工作褲。足登方便行動的膠底運動鞋，眼睛戴著防風眼鏡。額頭流下來的汗碰到防風眼鏡鏡框後又慢慢散開。

與奇諾對峙的，是個體格健壯的巨漢。年屆中年的他，棕色短髮的髮際線已經開始向後退了。他戴著深色墨鏡隱藏住他的目光。藏青色的短袖襯衫包住他肌肉發達如鋼鐵般的肉體，兩隻手臂就像原木那麼粗。短褲下露出的是粗壯的雙腿。他的裝束雖然輕便，但腳下套的是厚襪跟黑色短靴。

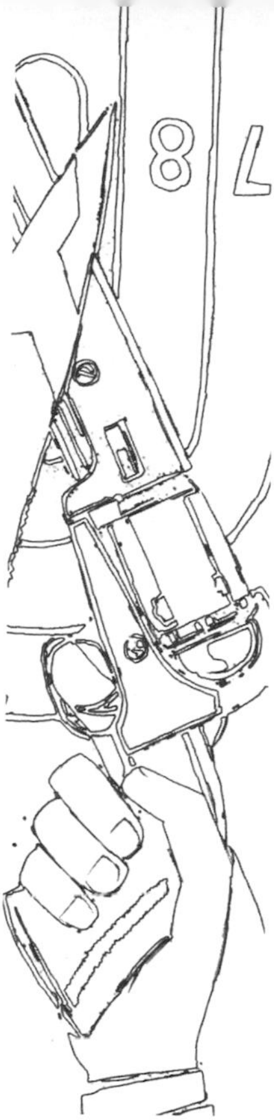

「説服力II」
—Persuader II—

男人的右手握著細長的暗銀色刀子。

「嗯，懂得低下身子閃躲，還不錯喲，奇諾。」

男人用溫柔的語氣對她說道。他的表情就像坐在自家沙發上那麼沉穩，呼吸也沒有一絲紊亂。

「謝謝……」

保持對峙姿勢的奇諾盯著他，語氣生硬地回答。然後吐了一兩口氣來調整呼吸。

就在那兩個人所在的道路旁邊——

「得到讚美就該把心中的喜悅表現出來啊——」

用支架撐住的漢密斯，語氣沒有一絲緊張地說道。

穿過森林的道路筆直延伸。停在路旁的漢密斯後面，是一間以蒼鬱的森林為背景的小木屋。所有的窗戶都微微打開，晾在平臺上的被單隨著初夏的微風飄動。旁邊的馬廄有一匹馬，以平和的眼神看著那兩個人。

「好了。」

男人話一說完就像貓一樣地把背拱起來。他的左腳輕輕往後退，兩膝略彎，然後把右手的刀移到身體前面。刀子看起來很像真刀，不過是硬橡膠做成的訓練用刀，只是在刀刃部分塗上銀色而已。

「…………」

不發一語的奇諾再次握緊自己的橡膠刀。她握在不長不短的位置，也一樣迅速擺好架勢。

男人腳擦著地接近，奇諾則盯著他墨鏡後方的眼睛。

奇諾沒有後退，她跟男人面對面擺出架勢，並等著對方繼續接近。

男人輕柔地揮動右手，刀尖則輕輕劃了個圓圈。男人一面柔軟地移動上半身，一面又拖著步伐接近一步。

正當兩人的距離比旁邊的漢密斯全長還要短的時候——

「——唔！」

奇諾邊短促吐氣邊撲上去。她從左腳往後拉的姿勢用力往前跳。並且伸出刀尖，打算從男人的右手手腕內側砍下去。

男人彎起手肘把右手往後拉。並且彎曲左膝讓身體蹲下，同時把身體往左前方倒，讓右手由外往內彎。這時候把刀伸向前方的奇諾右膝。

「喝！」

「喔～」

是奇諾的吆喝聲與男人佩服的聲音。

奇諾大大彎著右膝把腳抬高，準備做出側踢的動作。男人的刀子命中奇諾鞋底的橡膠。這時候男人的刀子被奇諾踢飛，滑到馬路跟森林交境處。

奇諾利用踢腿的反作用力以左腳為主軸往後翻了半圈。就在這個同時，男人也回到剛剛的姿勢並往後退，跟奇諾保持一段距離。

「喔，不錯嘛！」

漢密斯還沒說完感想，奇諾已經衝向手無寸鐵的男人。她把左手搭在握刀的右手上，把手壓在腹部鎖定對方的心窩。

「——喝啊！」

她發出吆喝聲並露出拚命的表情，打算整個人衝撞那個男人。

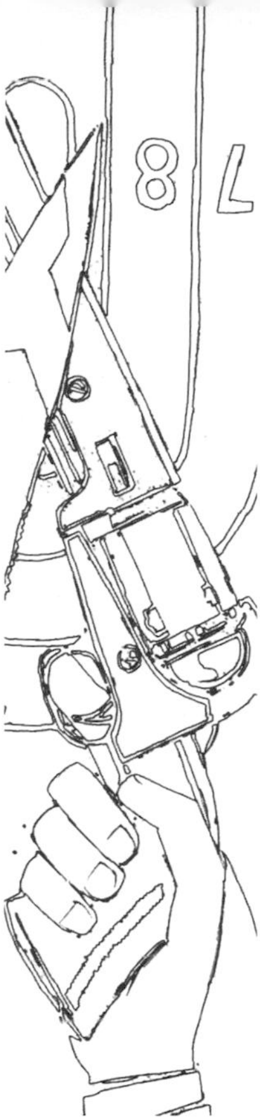

「說服力II」
—PersuaderII—

「這樣有機會贏嗎？」

漢密斯喃喃說道。從奇諾跟男人的距離來看，要想刺殺他需要三步。

男人在奇諾踏出第一步的時候咧嘴笑了出來，第二步的途中以反手的方式從短褲的口袋拔出另一把橡膠刀。第三步的時候右腳跟身體則配合她的攻勢大大往後退，然後拿橡膠刀往衝過來的奇諾右側腹刺下去。

「嘎——！」

側腹被橡膠刀刺中的奇諾，被自己的力道反彈出去。她的身體在空中飛了兩秒左右便落在地上，滾了三圈之後，整個臉還撞上路邊的雜草。

「哎呀呀！」

漢密斯發出洩氣的聲音。

「咳咳！」

不過被奇諾的聲音蓋住。奇諾一度對著雜草吐大量的口水，然後痛苦得一面呻吟一面在路上打滾兩三次。她的頭、臉跟身體因為沾滿灰塵而變成棕色的。

沒流一滴汗的男人撿起被踢飛的刀子並放進口袋，然後站在漢密斯旁邊等奇諾站起來。

過了約三十秒，宛如地上一塊破抹布的奇諾慢慢站起來。她拍拍身上的灰塵，擦掉臉上與汗水混在一起的泥土，並且摘下防風眼鏡。

「…………」

她沒有先梳理蓬鬆又沾滿泥土的頭髮就走到男人面前，然後向他低頭說：

「謝謝你的指教。」

「嗯，今天的練習到此為止。」

男人隔著墨鏡露出笑容。

「我有仔細看過妳最初的低身閃躲。原以為那樣可以有效攻擊喉頭，不過卻讓我閃開了。然後是用腳彈開下盤的攻勢，妳從一開始就打算那麼做嗎？」

奇諾點點頭。

「是的。我知道第一次的攻擊砍不了你的手腕，就預測接下來你會攻擊我膝蓋後方。於是想說只要把刀子踢掉就可以試著從正面攻擊。」

「相當不錯——後來呢？」

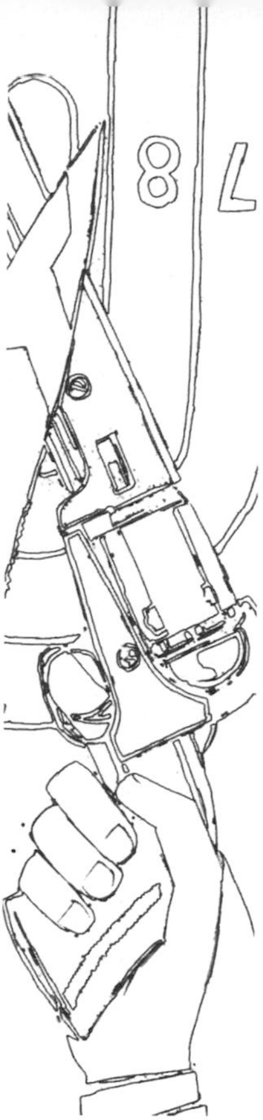

「説服力II」
—PersuaderII—

「後來我打算用以前教過的手段，就是利用體重猛然刺下去，給你致命的一擊……」

「妳沒想過我可能還藏有另一把刀嗎？」

「……我沒想過。」

「那也算是妳這次的敗因之一呢。」

男人乾脆地說道，然後「啪」地拍了一下他大手的掌心。

「今天的練習全部結束，我們下次再練。我後天會再來——不過，真正的戰鬥可是沒有下一次喲！」

「妳又『死』了對吧？如果是真正的戰鬥可是沒有下一次喲，奇諾。」

「知道了啦，漢密斯。」

奇諾與漢密斯目送男人騎馬離去。奇諾跟訓練的時候一樣全身髒兮兮的，不過纏在腰際的槍袋裡的說服者是一挺大口徑的左輪手槍。

等男人消失不見之後，奇諾拔出腰際的左輪手槍。左手迅速地扳起擊鐵，在腰部的位置開了第一槍。子彈命中吊在距離不遠的樹枝下的平底鍋。接著她又連續開了五槍，然後發出五次鉛彈穿過鋼鐵的聲音。

「嗯——雖然妳氣得要命，不過都有命中呢。了不起！」

漢密斯如此說，不過——

「…………」

奇諾不發一語地把左輪手槍收回槍袋。

槍聲彷彿是暗號，從小木屋走出了一名把銀色長髮梳成一個髮髻的老婆婆。她穿著圍裙，腰後還掛著裝有短式左輪手槍的槍袋。老婆婆從平臺和藹地對奇諾說：

「妳又『死』了嗎，奇諾？——那麼去洗把臉換個衣服，然後來喝茶吧。」

一張原木製的桌子擺在小木屋寬敞的平臺上。這時候被單已經收了起來，繩索也捲了起來。

天上飄著片片白雲時而擋住太陽，時而讓它露出臉，老婆婆與奇諾則分別坐在茶杯前面。

「好香哦。」

老婆婆開心地說道，然後拿起白底畫有藍色洋蔥的杯子喝茶。

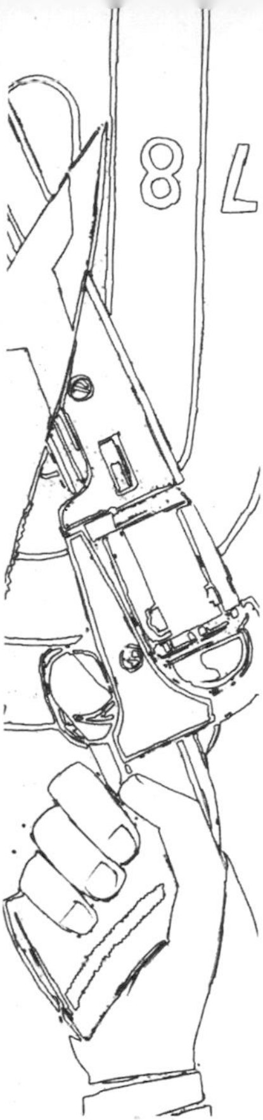

「説服力II」
—PersuaderII—

「…………」

她看著一臉悵然若失的奇諾，把茶杯放回盤子上。

「我沒有贏……」

奇諾喃喃說道。

「截至今天，我已經輸了五十四次。死了五十四次。」

老婆婆把手肘拄在桌上，十指交叉地抵住下巴。開心地看著眼前頭髮還殘留些許泥土的奇諾。

「訓練真是不錯。否則就需要五十五個奇諾陪我喝茶。」

「光想像有五十五個奇諾就覺得亂噁心的，不過有這麼多奇諾來幫忙刷輪胎的話可就方便多了。」

用繩索拉上來停在平臺邊緣的漢密斯說道。

奇諾完全沒把漢密斯的話聽進去，只是盯著老婆婆看。

「我贏不了他……我有一天會贏那位使刀者嗎？」

老婆婆笑容滿面地點頭說：

「會，妳會贏的。奇諾，妳會贏的。只要發揮自己的知識與經驗，還有技巧的話，妳很快就能打贏他的。」

「可是……」

「在那之前所嚐到的敗績，可是比勝利還有價值呢。」

「……是。」

「要是妳打不贏那個人，就無法像我以前那樣四處旅行哦。」

「…………」

隔了兩天。

天空籠罩著灰色的雲層，連天空跟太陽都看不見。強風持續地吹，雲也不斷流動。草木隨風搖擺，森林發出沙沙的聲響。

身穿運動外套的奇諾正在馬路上挖洞。她用鏟子挖著不會很大也不深的洞。

「奇諾，沒有人這樣啦！聽到了沒有？」

停在小屋旁邊的漢密斯拚命勸說，但是奇諾依舊視若無睹地挖她的洞。這時候並沒有看到老婆

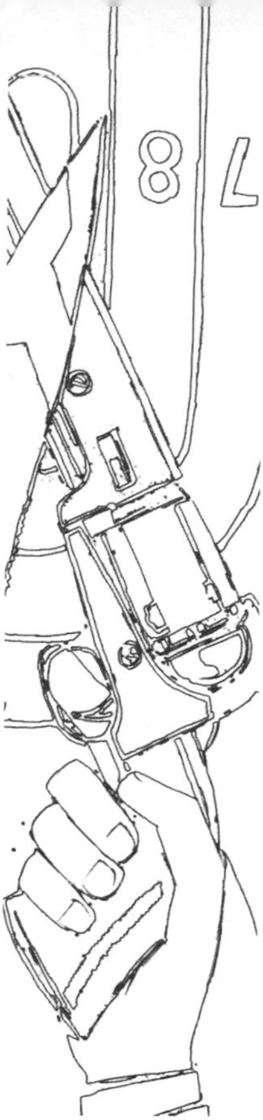

「說服力II」
—PersuaderII—

婆的人影。

「奇諾?奇諾?」

「只能夠這麼做了。」

奇諾邊挖洞邊說。

「那麼做很卑鄙耶，妳的作戰計劃太亂來了啦!」

「就算被說卑鄙也無所謂，如果是旅途中『真正的戰鬥』——」

「是真正的戰鬥又怎樣?」

「命沒了就沒有下一次可言呢……」

「話是沒錯啦，可是用這種方式取勝好嗎?」

奇諾挖好洞之後就把圓鍬扛在肩上進小屋裡。這時候她盯著漢密斯說：

「命沒了就沒有下一次可言!」

在風速越來越強的時候，有個男人騎著一匹馬從路上過來。

奇諾站在路的正中央等待使刀男的到來。她戴著防風眼鏡跟手套，手上拿著橡膠刀。

騎在馬背上的，是連陰天都不會摘下墨鏡的男人。他把馬停了下來。
「你好，今天也請多多指教。」
看到說這句話的奇諾及她防風眼鏡下的眼睛，男人開心咧嘴笑著說：
「妳今天臉色不錯哦。」
說著他下了馬，並把愛馬牽到馬廄裡。
男人走回馬路上，與擺出大力金剛架勢的奇諾保持一段距離對峙。他順手從口袋拿出橡膠刀。
在手中輕輕轉一圈再緊握住。
「準備開始吧——嘿！」
「是。」
在沙沙作響的森林裡，男人曲膝擺出架勢。
奇諾卻從她站的地方退後三步。
「？」

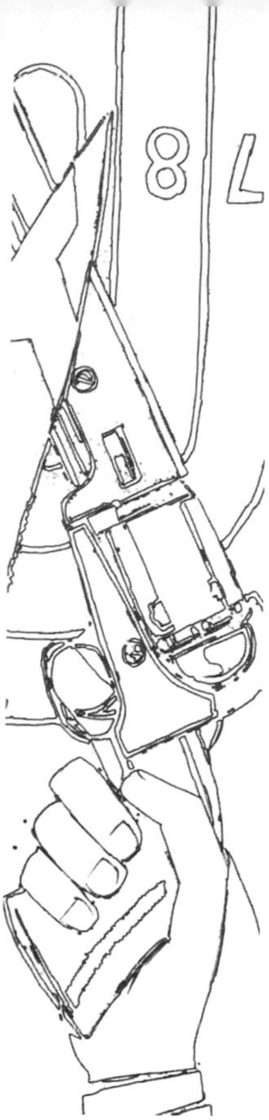

「說服力II」
—PersuaderII—

男人略歪著頭表示不解。

她往後退的地方有一根折斷的樹枝。奇諾的腳沒有踩下去還刻意閃過。

下一秒，奇諾放開手上的刀子。在刀子落地之前，她的右腳刻意踩那根樹枝，而且非常用力。

「什麼？」

男人發出驚訝的聲音。只見那根樹枝化槓桿，然後從路面的泥土飛出某樣東西。用布跟土包在洞裡的大口徑左輪手槍慢慢迴轉，飛到奇諾的右邊。

「——唔！」

男人做出不符合他龐大身軀的衝鋒動作，只見他肥大的腳部肌肉踢著泥土往前衝。

看到對方的舉動，奇諾不慌不忙且面無表情地把右手放下。原本在空中的左輪手槍現在就在奇諾的手上。

奇諾用大姆指拉開擊鐵，瞄準直衝過來的男人厚實的胸口，然後扣下扳機。

低沉的爆裂聲響起。

隨著白煙飛出的子彈命中男人的腹部。

「咕！」

男人看起來好像沒受到任何傷害，但是他停下腳步。這時候用厚實的腹肌擋住的橡膠製子彈

「啪」地落在男人腳邊。

男人與奇諾面對面保持幾步的距離。男人咧嘴笑了出來，而且是非常開心的笑容。

奇諾開槍了。第二發跟第三發都正中男人胸口的心臟位置。橡膠彈百發百中，命中之後便散落在男人身旁。

當最後的槍聲消失，現場又再次出現風聲。

「我贏了喲！」

奇諾的右手拿著放下的左輪手槍說道。

這時候小木屋的門打開，老婆婆走出來，站在平臺看著他們兩人。

奇諾抬頭看老婆婆並簡短地說：

「我贏了。」

位於兩人之間漢密斯卻小聲地說：

「不，我覺得不太妙耶——」

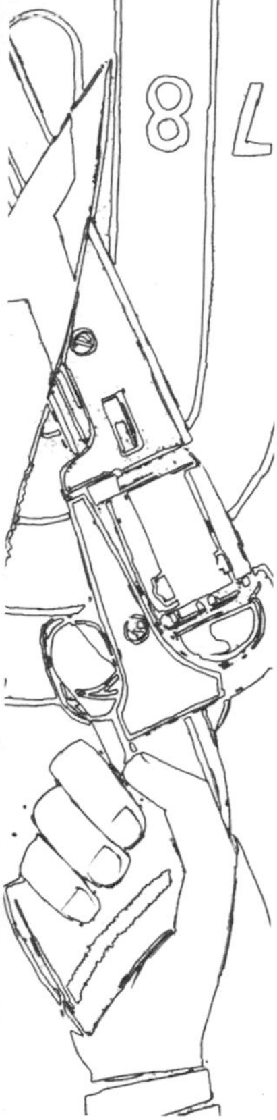

「說服力II」
—PersuaderII—

「啊哈哈！啊哈哈哈！我終於輸了！」

男人豪邁的笑聲蓋住了風聲。

「啊哈哈哈！我終於輸了！——哎呀，真棒！」

不僅是男人，連老婆婆也開心地說：

「就是說啊，過去這些時間真是辛苦你了。」

「別這麼說，無論是指導的時候或是現在，我都覺得很好玩也很開心。」

撇開獨自沒說話直看著兩人的奇諾，老婆婆跟男人好不開心。

然後兩人又稍微聊了一下接下來的事並互相道謝。接著男人說：

「奇諾，表現得真好！」

說完他就沒再說些什麼，然後跨上自己的馬迅速離開。他開心地騎在馬背上從來的路離去。

至於現場則留下呆呆站在路中央的奇諾跟她旁邊的漢密斯，還有在平臺上的老婆婆。老婆婆開口說：

「奇諾。」

「是。」

老婆婆滿臉笑容地說：

「妳贏了呢。」

「——是！」

「那麼做可以嗎？」

漢密斯問道。

「當然可以，你也看到了不是嗎？奇諾做過準備才贏的。」

「話是沒錯啦。可是她用刀又用說服者，不覺得很賊嗎？」

老婆婆點點頭說：

「沒錯，是非常賊。」

「咦？」

「奇諾——妳覺得很賊嗎？覺得自己那麼做很卑鄙嗎？」

這次奇諾也明確地點頭。

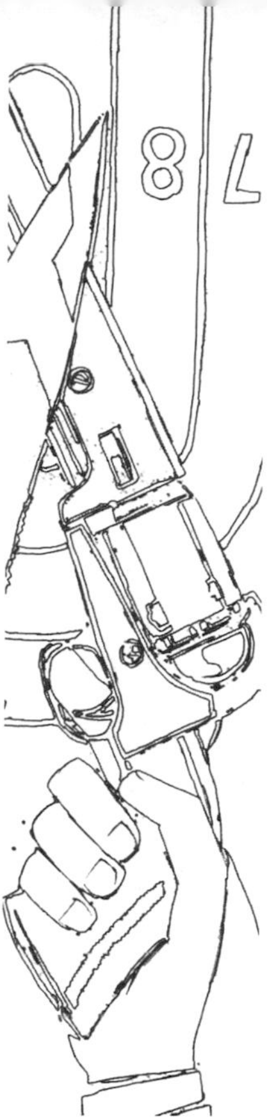

「說服力II」
—PersuaderII—

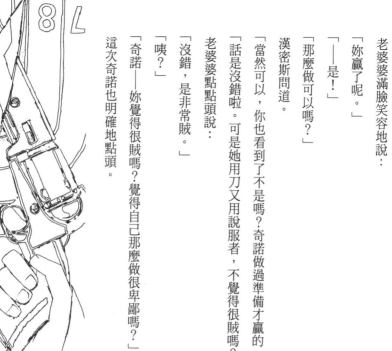

「是的。那麼做的確很賊又卑鄙，可是我卻贏了。因為我——『不想死』。」

「很好，妳終於發現到這件事了。」

老婆婆在平臺上露出滿面的笑容。然後——

「這樣沒關係嗎？」

「沒關係。」

她斬釘截鐵地回答漢密斯的問題，然後看著奇諾說：

「奇諾，妳用刀格鬥的技法相當不錯喲。而且看得出來精進很多。這樣就算外出旅行，妳也有能力保護自己。但如果這樣還無法贏過對方，那純粹就差在經驗跟體型的差異了。因此不管妳怎麼跟對方鬥，大概都無法拿下絕對的勝利。這也表示不管戰鬥一百回或二百回，妳都會輸。也等於『死定了』。」

「…………」

「為了保護自己或為了保護他人而不得不戰的時候，最重要也必須謹記在心的就是——『要出其不意』。要趁對方還沒做好準備的時候，或者對方的說服者打不到的地方用子彈幹掉對方。如果辦不到的話就要盡最大努力達成，或者利用逃跑來達成那個目的也是不錯的方法。越是卑鄙的方法就是越確實的方法——我們利用這場勝負想教妳的就是這種事喲！而妳最後也靠自己看出這點，成功地達成目的。因此我也跟他一樣覺得非常開心。」

「謝謝妳，師父。」

奇諾的臉上露出今天第一個笑容。

看著那樣的奇諾跟老婆婆——

「可是我總覺得——」

漢密斯碎碎念道。

「好了奇諾，要準備進行下一個練習呢？還是要稍微休息一下呢？」

「請馬上進行下一個練習！」

看著開心的奇諾，老婆婆笑咪咪地說：

「可見妳心理已經做好充分的準備。那麼首先，請妳把剩下的ＢＢ彈全部射光吧。」

「是！」

沒多久就發出連續三次的槍聲。奇諾轉身連開三槍，只見ＢＢ彈劃出像山峰一樣的彈道，然後

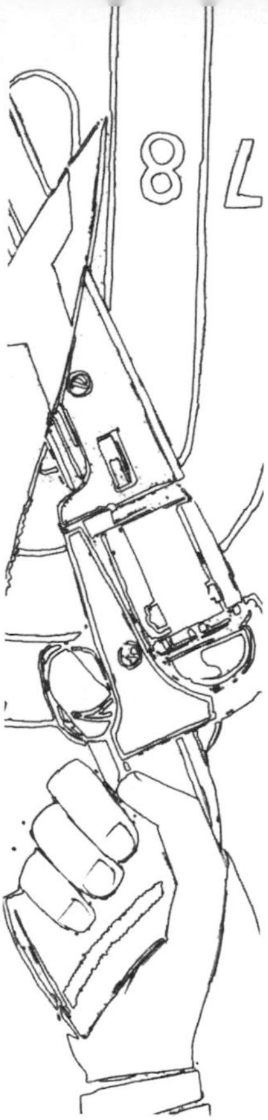

「説服力II」
—PersuaderII—

全都命中平底鍋。
奇諾回頭看老婆婆。
「那麼進行下一個階段吧——」
「是！」
老婆婆把手伸向腰後打開槍袋的上蓋，然後緊握住插在裡面的左輪手槍槍托。
「接下來要進行妳跟我無預警互擊的訓練。從早到晚，甚至在屋裡都要持續像剛剛在森林裡進行的ＢＢ彈互擊訓練。無論何時何地，只要一逮到空檔就儘管開槍。這可是最適合拿來做隨時保持被狙擊的心態，懷抱警覺心行動的訓練。」
「咦？」
「那麼開始。」
老婆婆一說完話就馬上拔出短槍管的左輪手槍對準奇諾。
「咦？」
奇諾看著右手那把剛剛把ＢＢ彈全射光的左輪手槍，然後訝異地抬頭看著笑臉迎人的老婆婆及右手瞄準的方向。
「啊——」

咚！

「即使是像現在這樣不曉得下一秒會發生什麼事的情況也千萬不能鬆懈，隨時隨地都要把說服者準備好。畢竟沒有子彈的說服者不過是紙鎮喲。」

老婆婆開心地留下這些話便逕自走進屋裡。

額頭瘀青倒在路上的奇諾則轉身仰望天上的流雲。

「…………」

「奇諾？」

漢密斯問道。

「啊哈哈！」

奇諾邊笑邊回答。

「真賊！」

「説服力II」
—PersuaderII—

尾聲
「在悲傷中・a」
—Yearning・a—

尾聲「在悲傷中・a」

—Yearning・a—

「旅行者，這裡是個悲傷的國家喲。」

「你的意思是『悲傷之國』嗎？」

用完午餐後披著大衣的奇諾，從餐廳走到巷口時突然有人對她說話，於是她這麼回答對方。

跟她說話的是一個男人。不過後面還跟了幾名這國家的居民，其中有男有女，有年輕人也有老年人。他們全都穿著厚重的冬用大衣，而且衣領拉得高高的，禦寒帽也壓得低低的。

然後大家都用一語不發的表情盯著奇諾看。

「沒錯。這國家已經連續好幾年發生令人悲傷的事情。譬如說我們敬愛的領導者去世、大規模的天災、無法想像的人禍、蔓延的瘟疫、無法脫離的貧困生活、制止不了的犯罪——我們全體國民都生活在無法擺脫的悲傷裡。」

「是嗎？我也覺得這兒有些百姓沒什麼精神呢……」

「妳也覺得吧？也難怪妳會有那種感覺。」

跟她說話的男人滿臉愁容地點了好幾次頭。

「因此我們非常希望妳能夠替我們對外宣傳，這國家是個悲傷的國家這件事。就算在閒話家常的時候提到也無所謂。我們只希望讓別人知道這國家雖然悲傷的事情不斷，但人民依舊努力在過生活。」

聽到男人這些話。

「這點忙我是還幫得上啦。」

奇諾如此回答。居民們取得了解後依舊不改其沉重的表情地向她道謝，然後離去。

「好了，回去漢密斯那兒吧。」

奇諾吐著白氣說道。她戴上帽子並用左右兩側的耳罩蓋住耳朵，然後拉起衣領走進巷子。

當她彎進左右都是店家的巷子沒多久便來到一處廣場。有人在那兒休息、烤火取暖，或只是經過——雖然聚集了不少人，但沒有人露出笑容。

「在悲傷之中・a」
—Yearning・a—

奇諾不發一語地穿過人群。當她穿過廣場正準備進入另一條巷子的時候——

「我受夠了！大家究竟想持續到什麼時候！」

是個男人的聲音。那聲音充滿朝氣、強而有力。

「…………」

奇諾順著聲音的方向轉過頭，看到廣場的角落站著一個男人。他正站在木箱上發表演說。

「大家不要再過著一天到晚為了悲傷而哀聲嘆氣的煩人生活！享受悲傷的生活方式是不對的！我們應該結束老是回想討人厭的事情又沉重的每天！」

不久有越來越多人聚集過來圍觀他演講。

「這國家以前也沒有這麼『悲傷』！而且一直當個『悲傷之國』也不是什麼好事！所以——」

當他說到這裡的時候，突然被拉下來。

這時候那個男人——

「…………」

在人群中從奇諾的視線消失，接著是好幾十聲毆打的聲音響遍沒有任何人開口說話的廣場。

不久，圍著那個男人的人群逐漸散開。

男子再次映入奇諾的眼簾。

結果——

「在悲傷之中・a」
—Yearning・a—

後記

大家好，我是作者時雨沢惠一。

很高興大家閱讀《奇諾の旅》這次最新的作品！還有，基於我「不在後記爆任何跟本文有關的料」這個原則，因此還沒閱讀本文的讀者或是在書店站著翻閱的讀者，你們大可以放心繼續看。

雖說是睽違一年的《奇諾の旅》，但是在執筆的過程中卻發生了兩件對比性的事情。

其中一件是偶然遇到我以前最崇拜的動畫相關人員。

那是我在高中時代最愛的一部作品，它不僅讓我買了有生以來首次的錄影帶，還讓我迷上它的劇場版，整個人沉浸在那個世界裡。喜歡動畫的人絕對認識他的那名相關人員竟然就在我眼前！事情就發生在編輯帶我去喝酒，那家糖醋茄子很好吃的餐廳。

看到他的那一瞬間，時雨沢我緊張得立刻站起來，而且是直立不動。然後畢恭畢敬地向他敬禮

——啊，其實我沒有敬禮啦（笑）。

雖然他有跟我打招呼，但是我因為興奮過頭而語無倫次，或許給人家添了許多麻煩呢。如果我有做出什麼失禮的事情，還請多多包涵。他離開的時候也有跟我打聲招呼，真的非常感謝他。

另一件事則是完全相反。

今年在電擊文庫出道的真嶋先生在後記寫了「某大師來到編輯部，我有幸跟他見面還說了話，心裡覺得好惶恐」……看過之後我心想「他是在說我嗎？話說回來，那天去談事情的時候好像有跟一名即將出道的作家談過話呢」。後來我跟他的責任編輯確認之後，還果真有此事（順便一提，我並不覺得你沒有禮貌喲）。

感覺好不可思議哦。

過去我非常喜歡各式各樣的作品，像前面舉例的那位製作者，我對他充滿了敬意與嫉妒心。甚至還肆意發揮自己的幻想與妄想，如果自己是創作者的話，這樣的故事應該不錯。我常常在學校做這種事，尤其是上課的時候。

現在的我則是發揮當時練就出來的妄想力（註：妄想的能力。時雨沢相信它跟肌肉一樣，越常使用就越能夠進步），才能夠以職業作家的身分提供作品給世人。

這不僅成了我理所當然的生活，也每天過著被催稿的日子。

「我來自何方？我是什麼人？我將何去何從？」

我覺得自己可以毫不猶豫地重新面對、重新思考那些事。

也希望自己在過去、現在、未來都能保持理想中的自我——我就是抱持那樣的心態寫此書的。

那麼，我想借這次這個地方對許多人表達心中的感謝。

每次都幫我畫出很棒的插畫的黑星紅白先生。我在許多訪談中回答：「剛開始是考慮劇畫風格的插畫」，如果當時真那麼做的話，真不曉得現在的我會是怎麼樣。我一直覺得我的運氣很好才讓我們有機會認識。

從我還是什麼都懵懂無知的新人，到現在還是給予我多方照顧的責任編輯先生。非常感謝你給了原以為能夠出個兩集就很幸福的我，一個繼續寫下去的機會並提出指點。老實說，沒有他就不會有奇諾的存在。

接著是提高書籍魅力的設計師鎌部先生。每一集的《奇諾》，連同《艾莉森》、《莉莉亞&特雷茲》等系列，我真是格外受到你的關照呢。

校閱、營業、製作、印刷、發行、販賣等各位相關人員。多虧有你們的專業及高效率的作業，我的書才能夠在發售日準時上架。真的很謝謝你們。

然後是——各位讀者。

過去一直沒機會好好感謝你們，真的很謝謝你們的支持。

畢竟「最後最後讓書得以付梓的，正是閱讀的人——也就是讀者。」

時雨沢我一直這麼認為，你們才是每部作品的最後一名製作者。

去年在幕張Messe舉行的「東京國際娛樂市場展（簡稱ENTAMA）」，還有今年初春在聯合戲院舉行的奇諾動畫上映見面會，我如願以償地舉行了簽名會與握手會，當時能夠跟到場的各位見面，還直接聽到你們的鼓勵與感謝，我真的覺得非常光榮——雖然是題外話，不過我聽到最多的鼓勵就是「好好努力寫後記哦」這句話（笑）。會的，我會努力！也正在努力！

我從以前到現在收到不少讀者的來信與禮物，但基於工作優先的關係而無暇回信。但是我都有收到也全部看過，真的非常謝謝你們。

接下來我會努力提供更好的作品給各位。

期盼有一天能夠再次見面，這次的後記就寫到這裡。

二〇〇五年

在此致上我許多的感謝　時雨沢惠一

Kadokawa Fantastic Novels

奇諾の旅Ⅰ the Beautiful World
作者／時雨沢惠一　插畫／黑星紅白

ISBN986-7664-77-9

『世界並不美麗。正因
美』。以短篇小說的形式
會說話的摩托車漢密斯的旅
未見的新感覺小說登場。

奇諾の旅Ⅱ the Beautiful World
作者／時雨沢惠一　插畫／黑星紅白

ISBN986-7664-95-7

人類奇諾與會說話的摩托車漢密斯
故事。以短篇小說的形式，串聯出前
見的新感覺小說第2彈！書中登滿了超
氣黑星紅白的彩色插圖!!

奇諾の旅Ⅲ the Beautiful World
作者／時雨沢惠一　插畫／黑星紅白

ISBN986-7427-08-4

當奇諾跟漢密斯還在師父家的時候，奇諾她們的住處來了三名山賊？（「說服力」）。收錄共6話的內容。蔚為話題之新感覺小說第3彈！

奇諾の旅Ⅳ the Beautiful World
作者／時雨沢惠一　插畫／黑星紅白

ISBN986-7427-41-6

來到某個國家的奇諾與漢密斯，看到一對吵得很兇的男女……（「兩人之國」）。收錄共11話的內容。蔚為話題之新感覺小說第4彈！

奇諾の旅Ⅴ the Beautiful World
作者／時雨沢惠一　插畫／黑星紅白

ISBN986-7427-60-2

前往某個國家的奇諾與漢密斯遇到一名男子。那男子希望能與她們同行，但是奇諾斷然拒絕。接下來……（「能殺人之國」）。收錄共10話的內容。

奇諾の旅Ⅵ the Beautiful World
作者／時雨沢惠一　插畫／黑星紅白

ISBN986-7427-89-0

等待出境的奇諾與漢密斯遇到一名男子。那男子說過去殺了人，為了乞求原諒便跟一名女性出來旅行。（「她的旅行」）。收錄共11話的內容。

奇諾の旅Ⅶ the Beautiful World
作者／時雨沢惠一　插畫／黑星紅白

ISBN986-7299-19-1

奇諾與漢密斯遇見了「移動之國」並入境。而那個「移動之國」前往的地方還有個「禁止通行之國」，之後……（「困擾之國」）。收錄共8話的內容。

Kadokawa Fantastic Novels

奇諾の旅VIII the Beautiful World

作者／時雨沢惠一 插畫／黑星紅白

ISBN986-7299-71-X

奇諾與漢密斯拜訪一個國家，該國全體國民都有戴「眼鏡」的義務，而那付眼鏡是用來……（「無法做壞事之國」）等。超人氣系列作品最新作!!

奇諾の旅IX the Beautiful World

作者／時雨沢惠一 插畫／黑星紅白

ISBN986-174-027-9

奇諾跟漢密斯抵達一個城牆連綿不斷的大國，他們一直沿著城牆行駛尋找入境的城門，可是……（「城牆的故事」）。收錄共15話的內容。

涼宮春日的憂鬱

作者／谷川 流 插畫／いとうのいぢ

ISBN986-7427-88-2

第八屆「Sneaker」大賞受賞作。校內第一怪人涼宮春日，組了個「為了讓世界變得更熱鬧的SOS團」，而外星人、未來人與超能力者皆應涼宮的願望出現了?

涼宮春日的嘆息

作者／谷川 流 插畫／いとうのいぢ

ISBN986-7299-20-5

率領SOS團的涼宮春日，這次把歪腦筋動到校慶去了!只要她隨口一句，那些外星人、未來人、超能力者就會吃盡苦頭——暴走度NO.1的校園故事再次展開!

涼宮春日的煩悶

作者／谷川 流 插畫／いとうのいぢ

ISBN986-7299-53-1

一無聊就會發動異常能量的涼宮春日，這次又突發奇想，號召SOS團參加棒球大賽、舉辦七夕許 … 往孤島合宿……瘋狂SF校園

涼宮春日的消失

作者／谷川 流 插畫／いとうのいぢ

ISBN986-7189-18-3

聖誕節即將來 … 不太尋常。教 … 變，可是涼宮 … 怪陸離、超脫

涼宮春日的暴走

作者／谷川 流 插畫／いとうのいぢ

ISBN986-7189-80-9

當學生的總 … 束。可是當這 … 個永無止境的 … 虛苦難系列安

Kadokawa Fantastic Novels

奇諾の旅Ⅰ the Beautiful World

作者／時雨沢惠一　插畫／黑星紅白

ISBN986-7664-77-9

『世界並不美麗。正因為如此才顯出它的美』。以短篇小說的形式串聯出人類奇諾與會說話的摩托車漢密斯的旅行故事。前所未見的新感覺小說登場。

奇諾の旅Ⅱ the Beautiful World

作者／時雨沢惠一　插畫／黑星紅白

ISBN986-7664-95-7

人類奇諾與會說話的摩托車漢密斯的旅行故事。以短篇小說的形式，串聯出前所未見的新感覺小說第2彈！書中登滿了超人氣黑星紅白的彩色插圖!!

奇諾の旅Ⅲ the Beautiful World

作者／時雨沢惠一　插畫／黑星紅白

ISBN986-7427-08-4

當奇諾跟漢密斯還在師父家的時候，奇諾她們的住處來了三名山賊？（「說服力」）。收錄共6話的內容。蔚為話題之新感覺小說第3彈！

奇諾の旅Ⅳ the Beautiful World

作者／時雨沢惠一　插畫／黑星紅白

ISBN986-7427-41-6

來到某個國家的奇諾與漢密斯，看到一對吵得很兇的男女……（「兩人之國」）。收錄共11話的內容。蔚為話題之新感覺小說第4彈！

奇諾の旅Ⅴ the Beautiful World

作者／時雨沢惠一　插畫／黑星紅白

ISBN986-7427-60-2

前往某個國家的奇諾與漢密斯遇到一名男子。那男子希望能與她們同行，但是奇諾斷然拒絕。接下來……（「能殺人之國」）。收錄共10話的內容。

奇諾の旅Ⅵ the Beautiful World

作者／時雨沢惠一　插畫／黑星紅白

ISBN986-7427-89-0

等待出境的奇諾與漢密斯遇到一名男子。那男子說過去殺了人，為了乞求原諒便跟一名女性出來旅行。（「她的旅行」）。收錄共11話的內容。

奇諾の旅Ⅶ the Beautiful World

作者／時雨沢惠一　插畫／黑星紅白

ISBN986-7299-19-1

奇諾與漢密斯遇見了「移動之國」並入境。而那個「移動之國」前往的地方還有個「禁止通行之國」，之後……（「困擾之國」）。收錄共8話的內容。

國家圖書館出版品預行編目資料

奇諾の旅：the Beautiful World／時雨沢恵一作；
莊湘萍譯 . --初版--臺北市：臺灣國際角川，
2004-〔民93-〕冊；公分
譯自 : キノの旅 : the beautiful world
ISBN 986-7664-77-9(第1冊 : 平裝). --
ISBN 986-7664-95-7(第2冊 : 平裝). --
ISBN 986-7427-08-4(第3冊 : 平裝). --
ISBN 986-7427-41-6(第4冊 : 平裝). --
ISBN 986-7427-60-2(第5冊 : 平裝). --
ISBN 986-7427-89-0(第6冊 : 平裝). --
ISBN 986-7299-19-1(第7冊 : 平裝). --
ISBN 986-7299-71-X(第8冊 : 平裝). --
ISBN 986-174-027-9(第9冊 : 平裝)
861.57 93002314

Kadokawa
Fantastic
Novels

奇諾の旅 IX
—the Beautiful World—

（原著名：キノの旅IX—the Beautiful World—）

2006年2月10日 初版第1刷發行
2023年5月10日 初版第8刷發行

作　　者：時雨沢惠一
插　　畫：黑星紅白
日版設計：鎌部善彦
譯　　者：莊湘萍

發 行 人：岩崎剛人
總 編 輯：蔡佩芬
編　　輯：黎夢萍
美術設計：宋芳茹
印　　務：李明修（主任）、張加恩（主任）、張凱棋

發 行 所：台灣角川股份有限公司
地　　址：104台北市中山區松江路223號3樓
電　　話：（02）2515-3000
傳　　真：（02）2515-0033
網　　址：www.kadokawa.com.tw
劃撥帳戶：台灣角川股份有限公司
劃撥帳號：19487412
法律顧問：有澤法律事務所
製　　版：巨茂科技印刷有限公司
ＩＳＢＮ：978-986-174-027-0